Grayslake Area Public Library District
Grayslake, Illinois

1. A fine will be charged on each book which is not returned when it is due.

2. All injuries to books beyond reasonable wear and all losses shall be made good to the satisfaction of the Librarian.

3. Each borrower is held responsible for all books drawn on his card and for all fines accruing on the same.

DEMCO

EL CANTOR DE TANGO

Autores Españoles e Iberoamericanos

TOMÁS ELOY MARTÍNEZ

EL CANTOR DE TANGO

 Planeta

Martínez, Tomás Eloy
    El cantor de tango.– 1ª ed.– Buenos Aires : Planeta, 2004.
    256 p. ; 23x15 cm.- (Autores Españoles e Iberoamericanos)

    ISBN 950-49-1198-6

    1. Narrativa Argentina I. Título
    CDD A863

Derechos exclusivos de edición en castellano
reservados para todo el mundo:
© 2004, Grupo Editorial Planeta S.A.I.C.
    Independencia 1668, C 1100 ABQ, Buenos Aires

1ª edición: 25.000 ejemplares

ISBN 950-49-1198-6

Impreso en Grafinor S. A.,
Lamadrid 1576, Villa Ballester,
en el mes de marzo de 2004.

Hecho del depósito que prevé la ley 11.723
Impreso en la Argentina

*Para Sol Ana, que ha vuelto
a enamorarse de Buenos Aires*

*Para Gabriela Esquivada,
porque sin ella no existiría este libro*

...un eco repetido por mil laberintos

BAUDELAIRE, *Las flores del mal*

El conocimiento llega sólo en golpes de relámpago.
El texto es la sucesión larga de truenos que sigue.

WALTER BENJAMIN, *Arcades Project*

UNO

Setiembre 2001

Buenos Aires fue para mí sólo una ciudad de la literatura hasta el templado mediodía de invierno del año 2000 en que escuché por primera vez el nombre de Julio Martel. Poco antes había completado los exámenes de doctorado en Letras en la Universidad de Nueva York y estaba escribiendo una disertación sobre los ensayos que Jorge Luis Borges dedicó a los orígenes del tango. El trabajo avanzaba despacio y desorientado. Me atormentaba la sensación de estar llenando sólo páginas inútiles. Pasaba horas mirando a través de mi ventana las casas vecinas del Bowery, mientras la vida se retiraba de mí sin que yo supiera qué hacer para alcanzarla. Ya había perdido demasiada vida, y ni siquiera tenía el consuelo de que algo o alguien se la hubiera llevado.

Uno de mis profesores me había aconsejado viajar a Buenos Aires, pero no me parecía necesario. Había visto cientos de fotos y películas. Podía imaginar la humedad, el Río de la Plata, la llovizna, los paseos vacilantes de Borges por las calles del sur con su bastón de ciego. Tenía una colección de mapas y guías Baedeker publicadas en los años en que salieron sus libros. Suponía que era una ciudad parecida a Kuala Lumpur: tropical y exótica, falsamente moderna, habitada por descendientes de europeos que se habían acostumbrado a la barbarie.

Aquel mediodía me dispuse a caminar sin rumbo por el Village. Había tropeles de muchachos en el Tower Records de Broadway, pero no me detuve como otras veces. *Guardad los labios por si vuelvo*, pensé decirles, como en el poema de Luis Cernuda. *Adiós, dulces amantes invisibles, / siento no haber dormido en vuestros brazos.*

Al pasar frente a la librería de la universidad recordé que quería comprar desde hacía mucho los diarios de viaje de Walter Benjamin. Los había leído en la biblioteca y me había quedado con las ganas de subrayarlos y escribir en los márgenes. ¿Qué podrían decirme sobre Buenos Aires esos apuntes remotos, que aluden a Moscú en 1926, a Berlín en 1900? "Importa poco no saber orientarse en una ciudad": ésa era una frase que yo quería resaltar con tinta amarilla.

Los libreros suelen colocar las obras de Benjamin en los estantes de Crítica Literaria. Vaya a saber por qué las habían desplazado al otro extremo del local, en Filosofía, junto a los pasillos de Estudios sobre la Mujer. Mientras caminaba derecho hacia mi destino, descubrí a Jean Franco examinando en cuclillas un libro sobre monjas mexicanas. Se me dirá que todo esto no tiene importancia y en verdad no la tiene, pero prefiero no

14

pasar por alto el menor detalle. Miles de personas conocen a Jean y no hace falta que repita quién es. Supo que Borges iba a ser Borges antes que él mismo, creo. Hace cuarenta años descubrió la nueva novela latinoamericana cuando sólo se interesaban en ella los especialistas en naturalismo y regionalismo. Yo la había visitado apenas un par de veces en su departamento del Upper West Side, en Manhattan, pero me saludó como si nos viéramos todos los días. Le conté a grandes rasgos cuál era el tema de mi disertación y creo que me enredé. Ya ni sé cuántos minutos estuve tratando de explicarle que para Borges los verdaderos tangos eran los que se habían compuesto antes de 1910, cuando aún se bailaban en los burdeles, y no los que aparecieron después, influidos por el gusto de París y por las tarantelas genovesas. Sin duda, Jean conocía el asunto mejor que yo, porque sacó a relucir algunos títulos procaces que ya nadie recordaba: *Soy tremendo, El fierrazo, Con qué trompieza que no dentra, La clavada.*

En Buenos Aires hay un tipo extraordinario que canta tangos muy viejos, me dijo. No son ésos, pero tienen un aire de familia. Deberías oírlo.

A lo mejor en Tower Records puedo conseguir algo de él, respondí. ¿Cómo se llama?

Julio Martel. No puedes conseguir nada porque jamás ha grabado una sola estrofa. No quiere mediadores entre su voz y el público. Una noche, cuando unos amigos me llevaron al Club del Vino, entró en el escenario rengueando y se arrimó a una banqueta. No puede caminar bien, no sé qué tiene en las piernas. El guitarrista que lo acompañaba interpretó primero, solo, una música muy rara, llena de cansancio. Cuando me-

15

nos lo esperábamos, soltó su voz. Fue increíble. Quedé suspendida en el aire y, cuando la voz se apagó, no sabía cómo apartarme de ella, cómo volver a mí misma. Sabés que adoro la ópera, adoro a Raimondi, a la Callas, pero la experiencia de Martel es de otra esfera, casi sobrenatural.

Como Gardel, arriesgué.

Tenés que oírlo. Es mejor que Gardel.

La imagen quedó dando vueltas en mi cabeza y terminó por convertirse en una idea fija. Durante meses no pude pensar en otra cosa que viajar a Buenos Aires para oír al cantor. Leía en internet todo lo que se publicaba sobre la ciudad. Sabía lo que se daba en los cines, en los teatros y la temperatura de cada día. Me resultaba perturbador que las estaciones se invirtieran al pasar de un hemisferio a otro. Las hojas estaban cayendo allá, y en Nueva York yo las veía nacer.

A fines de mayo de 2001, la escuela graduada de la universidad me asignó una de sus becas. Además, gané una Fulbright. Con ese dinero podría vivir seis meses, o más. Aunque Buenos Aires era una ciudad cara, los depósitos en los bancos producían un interés de nueve a doce por ciento. Supuse que me alcanzaría para alquilar un departamento amueblado en el centro y comprar libros.

Me habían dicho que el viaje al extremo sur era largo, pero lo que duró el mío fue una locura. Volé más de catorce horas, y con las escalas en Miami y en Santiago de Chile tardé veinte en llegar. Aterricé exhausto en el aeropuerto de Ezeiza. El espacio de Migraciones estaba ocupado por una lujosa tienda libre de impuestos que obligaba a los viajeros a formar fila, amontonados,

debajo de una escalera. Cuando por fin salí de la adua-
na, me acosaron seis o siete choferes de taxis con ofer-
tas para trasladarme a la ciudad. Los aparté a duras penas. Después de cambiar mis dólares por pesos —en
aquella época valían lo mismo—, llamé por teléfono a
la pensión recomendada por la oficina internacional
de la universidad. El conserje me retuvo largo rato en
la línea antes de informar que mi nombre no aparecía
en ninguna lista y que la pensión estaba llena. "Si llamás la semana que viene tal vez tengamos suerte", dijo
al cortar, con un tuteo insolente que, según supe después, usaba todo el mundo.

Detrás de mí, en la fila que esperaba el teléfono, había un muchacho desgarbado y mustio, que se roía las
uñas con ahínco. Era una lástima, porque sus dedos largos, afilados, perdían gracia en los extremos romos.
Los bíceps apenas le cabían en las mangas enrolladas
de la camisa. Me impresionaron sus ojos negros y húmedos, que recordaban los de Omar Shariff.

Te recagaron. Te forrearon, me dijo. Siempre hacen
lo mismo. En este país todo es grupo.

No supe qué responder. El idioma que hablaba no
era el que yo conocía. Su acento, además, nada tenía
en común con las cadencias italianas de los argentinos.
Aspiraba las eses. La erre de *forro*, en vez de reverbe-
rar en el paladar, fluía a través de los dientes apreta-
dos. Le cedí el teléfono, pero se apartó de la fila y me
siguió. La oficina de informaciones estaba a diez pasos
y supuse que allí habría otros hoteles por el mismo
precio.

Si estás buscando dónde vivir yo te consigo lo mejor, dijo. Algo luminoso, con vista a la calle, por cuatro-

cientos al mes. Te cambian las sábanas y las toallas una vez por semana. Tenés que compartir el baño, pero es relimpio. ¿Te animás?

No sé, respondí. En verdad, quería decir que no.

Te lo puedo sacar por trescientos.

¿Dónde queda?, pregunté, desplegando el mapa que había comprado en Rand McNally. Decidí ponerle reparos a cualquier sitio que me señalara.

Tenés que entender que no es un hotel. Es algo más privado. Un residencial, en un edificio histórico. Garay entre Bolívar y Defensa.

Garay era la calle de "El Aleph", el cuento de Borges sobre el que yo había escrito uno de los trabajos finales de mi Maestría. Pero según el mapa, la pensión estaba a unas cinco cuadras de la casa señalada en el cuento.

El aleph, dije involuntariamente. Aunque parecía imposible que él entendiera esa referencia, el muchacho la cazó al vuelo.

Eso mismo. ¿Cómo sabías? Una vez por mes, un ómnibus de la Municipalidad lleva a los turistas, les muestra el residencial desde afuera, y les dice: "Ésta es la casa del Ale". Que yo sepa, ahí nunca vivió ningún Ale famoso, pero igual hacen el verso. No te vayás a creer que molestan a nadie, ¿eh? Todo es tranqui. Los chabones sacan fotos, suben otra vez al bondi y gudbái.

Quiero ver la casa, dije. Y el cuarto. A lo mejor se puede poner una mesa cerca de la ventana.

El muchacho tenía la nariz en arco, como el pico de un halcón. Era más fina que en los halcones y no le quedaba mal, porque el conjunto estaba dominado por

18

su boca carnosa y por los grandes ojos. En el taxi me contó su vida, pero casi no le presté atención. El cansancio del largo vuelo me había atontado y, además, no podía creer que mi buena suerte me estuviera llevando hacia la casa de "El Aleph". Entendí a medias su nombre, que era Omar u Oscar. Pero todo el mundo, me dijo, lo llamaba el Tucumano.

Supe también que trabajaba en un kiosco de revistas del aeropuerto, a veces tres horas, a veces diez, en horarios que nunca eran los mismos.

Hoy me vine al kiosco sin dormir, dijo. Para qué, ¿no?

A un lado y otro de la autopista que iba hacia la ciudad, el paisaje se transformaba a cada instante. Una suave neblina se alzaba, inmóvil, sobre los campos, pero el cielo era transparente y por el aire cruzaban ráfagas de perfumes dulces. Vi un templo mormón con la imagen del ángel Moroni en lo alto de la torre; vi edificios altos y horribles, con ventanas de las que colgaban ropas de colores, como en Italia; vi una hondonada de casas míseras, que tal vez se derrumbarían al primer golpe de viento. Después, los suburbios imitaban los de las ciudades europeas: parques vacíos, torres como pajareras, iglesias con campanarios coronados por estatuas de la Virgen María, casas con enormes discos de televisión en las azoteas. Buenos Aires no se parecía a Kuala Lumpur. En verdad, se parecía a casi todo lo que yo había visto antes; es decir, se parecía a nada.

¿A vos cómo te dicen?, me preguntó el Tucumano.

Bruno, contesté. Soy Bruno Cadogan.

¿Cadogan? No tuviste suerte con el apellido, chabón. Si lo decís al vesre es Cagando.

19

La mujer que me atendió en el residencial anotó Cagan, y cuando subió conmigo a ver el cuarto me llamó "míster Cagan". Acabé por rogarle que se quedara sólo con mi primer nombre.

La decrepitud de la casa me sorprendió. Nada en ella recordaba a la familia de clase media que Borges describía en su cuento. También la ubicación era desconcertante. Todas las referencias sobre el punto donde está el aleph aluden a la calle Garay, cerca de Bernardo de Irigoyen, al oeste del residencial. Pregunté, de todos modos, si el edificio tenía un sótano. Sí, me dijo la encargada, pero está con gente. A usted no le gustaría vivir ahí. Es muy húmedo y, además, hay diecinueve escalones empinados. El dato me sobresaltó. En el cuento, eran también diecinueve los peldaños que descendían hasta el aleph.

Todo me era desconocido en Buenos Aires y, por lo tanto, yo carecía de referencias para evaluar la pieza que me ofrecían. Me pareció chica pero limpia, de unos ocho pies por diez. Al lado del colchón de goma espuma, que estaba sobre un bastidor de madera, había una mesa ínfima donde cabía mi computadora portátil. Lo mejor del sitio eran unos viejos estantes de biblioteca, con espacio para unos cincuenta libros. Las sábanas estaban deshilachadas, y la frazada debía de ser anterior a la casa. La habitación tenía un balconcito que daba a la calle. Según supe después, era la más amplia del piso alto. Aunque el baño me pareció mínimo, sólo debía compartirlo con la familia del cuarto contiguo.

Tuve que pagar por adelantado. La tarifa exhibida en el mostrador de recepción indicaba cuatrocientos dólares mensuales. El Tucumano, fiel a su promesa, logró que Enriqueta aceptara trescientos.

Eran las cuatro de la tarde. El sitio estaba despejado, apacible, y me dispuse a dormir. El Tucumano alquilaba desde hacía seis meses una de las piezas de la azotea. También él se caía de sueño, me dijo. Quedamos en que a las ocho nos reuniríamos para dar vueltas por la ciudad. Si hubiera tenido fuerzas, en ese mismo instante habría salido al encuentro de Julio Martel. Pero no sabía por dónde empezar, ni cómo.

A las siete me despertó un tumulto. Los vecinos de al lado estaban peleándose a los gritos. Me vestí como pude y traté de ir al baño. Una mujer gigantesca estaba lavando ropa en el bidet y me dijo, de mal modo, que me aguantara. Cuando bajé, el Tucumano tomaba mate con Enriqueta, junto a la recepción.

Ya no sé qué hacer con esos animales, dijo la encargada. Un día de estos se van a matar. En mala hora los acepté. No sabía que eran de Fuerte Apache.

Para mí, Fuerte Apache era una película de John Ford. La inflexión en la voz de Enriqueta hacía pensar en algún pozo del infierno.

Laváte en mi baño, Cagan, si querés, dijo el Tucumano. Yo a las once voy a las milongas. Comemos algo por ahí y, si tenés ganas, después te llevo.

Esa tarde vi Buenos Aires por primera vez. A las siete y media caía sobre las fachadas una luz rosa de otro mundo y, aunque el Tucumano me dijo que la ciudad estaba vencida y que debía haberla conocido un año antes, cuando su belleza se mantenía intacta y no ha-

21

bía tantos mendigos en las calles, yo sólo vi gente feliz. Caminamos por una avenida enorme, en la que florecían algunos lapachos. Apenas alzaba la vista, descubría palacios barrocos y cúpulas en forma de paraguas o melones, con miradores inútiles que servían de ornamento. Me sorprendió que Buenos Aires fuera tan majestuosa a partir de las segundas y terceras plantas, y tan ruinosa a la altura del suelo, como si el esplendor del pasado hubiera quedado suspendido en lo alto y se negara a bajar o a desaparecer. Cuanto más avanzaba la noche, más se poblaban los cafés. Nunca vi tantos en una ciudad, ni tan hospitalarios. La mayoría de los clientes leía ante una taza vacía durante largo tiempo —pasamos más de una vez por los mismos lugares—, sin que los obligaran a pagar la cuenta y retirarse, como sucede en Nueva York y París. Pensé que esos cafés eran perfectos para escribir novelas. Allí la realidad no sabía qué hacer y andaba suelta, a la caza de autores que se atrevieran a contarla. Todo parecía muy real, tal vez demasiado real, aunque entonces yo no lo veía así. No entendí por qué los argentinos preferían escribir historias fantásticas o inverosímiles sobre civilizaciones perdidas o clones humanos u hologramas en islas desiertas cuando la realidad estaba viva y uno la sentía quemarse, y quemar, y lastimar la piel de la gente.

Caminamos mucho, y me pareció que nada estaba en el sitio que le correspondía. El cine donde Juan Perón se había conocido con su primera esposa, en la avenida Santa Fe, era ahora una enorme tienda de discos y video. En algunos palcos había flores de artificio; en otros, grandes estantes vacíos. Comimos pizza en un negocio que se presentaba como mercería y que aún tenía encajes, puntillas y botones en la vidriera. El Tucumano me dijo que el mejor lugar para aprender tangos no era la academia Gaeta, como informaban las guías de turismo, sino una librería, El Rufián Melancólico. En mis navegaciones por internet había leído que en ese lugar había cantado Martel cuando lo rescataron de una cantina modesta de Boedo, donde su única paga eran las propinas y las comidas gratis. Al Tucumano le parecía raro que jamás le hubieran contado esa historia, sobre todo en una ciudad donde abundan los eruditos en música de las especies más distantes, desde el rock y la cumbia villera hasta la bossa nova y las sonatas de John Cage, pero sobre todo los eruditos en tango, que son capaces de distinguir los matices más sutiles entre un quinteto de 1958 y otro de 1962. Que se ignorara a Martel era una exageración. Por un momento pensé que quizá no existía, que era sólo un sueño de Jean Franco.

En el piso alto de El Rufián había una práctica de baile. Las mujeres tenían el talle esbelto y la mirada comprensiva, y los chicos, aunque llevaran ropa gastada y noches sin dormir, se movían con maravillosa delicadeza y corregían los errores de sus parejas hablándoles al oído. Abajo, la librería estaba llena de gente, como casi todas las librerías que habíamos visto. Treinta años antes, Julio Cortázar y Gabriel García Márquez se habían sorprendido de que las amas de casa de Buenos Aires compraran *Rayuela* y *Cien años de soledad* como si fueran fideos o plantas de lechuga, y llevaran los libros en la bolsa de los víveres. Advertí que los porteños seguían leyendo con la misma avidez de aquellas épocas. Sus hábitos, sin embargo, eran otros. Ya no compraban libros. Empezaban uno cualquiera en una librería y lo seguían en otra, de diez páginas en diez o de capítulo en capítulo, hasta que lo terminaban. Debían pasar en eso días o semanas.

El dueño de El Rufián, Mario Virgili, estaba en el bar del piso alto cuando llegamos. A la vez que miraba suceder los hechos, se movía fuera de ellos, con una actitud contemplativa y agitada. Nunca imaginé que esos dos atributos pudieran mezclarse. Cuando me senté al lado de él nada parecía moverse y, sin embargo, yo sabía que todo se movía. Oí que mi amigo lo llamaba Tano y le oí también preguntar si pensaba quedarme en Buenos Aires mucho tiempo. Le respondí que no me iría hasta encontrar a Julio Martel, pero su atención ya se había desviado.

Una de las rondas de baile terminó y las parejas se apartaron, como si nada tuvieran que ver. En algunas películas me había desconcertado ese ritual, pero en la realidad era más extraño aún. Entre un tango y otro, los hombres invitaban a bailar a sus elegidas con un cabeceo que parecía indiferente. No lo era. Fingían desdén para proteger su orgullo de cualquier desaire. Si la mujer aceptaba, lo hacía con una sonrisa también distante y se ponía de pie, para que el hombre fuera a su encuentro. Cuando la música empezaba, la pareja se quedaba a la espera durante unos segundos, uno frente a otro, sin mirarse y hablando de temas triviales. Luego, la danza comenzaba con un abrazo algo brutal. El hombre ceñía la cintura de la mujer y desde ese momento ella empezaba a retroceder. Siempre retrocedía. A veces, él curvaba el pecho hacia adelante o se ponía de costado, mejilla a mejilla, mientras las

24

piernas dibujaban cortes y quebradas que la mujer debía repetir, invirtiéndolos. La danza exigía una enorme precisión y, sobre todo, cierto don adivinatorio, porque los pasos no seguían un orden previsible sino que estaban librados a la improvisación del que guiaba o a una coreografía de combinaciones infinitas. En las parejas que mejor se entendían, el baile remedaba ciertos movimientos del coito. Se trataba de un sexo atlético, que tendía a la perfección pero no se interesaba en el amor. Pensé que iba a ser útil incorporar esas observaciones a mi tesis doctoral, porque confirmaban el origen prostibulario que Borges atribuía al tango en *Evaristo Carriego*.

Una de las maestras de baile se acercó y me preguntó si quería ensayar algunas figuras.

Andá, animáte, me dijo el Tano. Con Valeria aprende todo el mundo.

Dudé. Valeria suscitaba instintiva confianza, y afán de protegerla, y ternura. Su cara se asemejaba a la de mi abuela materna. Tenía una frente despejada, altiva y unos ojos castaños rasgados.

Soy muy torpe, le dije. No me hagás pasar vergüenza.

Entonces, te vengo a buscar después.

Después, otro día, respondí con sinceridad.

Cuando el Tano Virgili se levantaba de la silla junto al bar para observar el vaivén de las parejas, yo me quedaba siempre con alguna palabra a medio pronunciar. La palabra se me caía de los labios y rodaba entre los bailarines, que la destrozaban con sus tacos antes de que pudiera recogerla. Por fin logré que respondiera a mi pregunta sobre Julio Martel con tantos detalles que al volver a la pensión me costó trabajo resumirlos. "Martel", me dijo, "se llamaba en verdad Estéfano Caccace. Se lo cambió porque, con ese nombre, ningún locutor lo habría presentado con seriedad. Imagináte, Caccace. Cantó acá, cerca de donde vos estás sentado, y hubo un tiempo en que los entendidos sólo hablaban de su voz, que era única. Tal vez siga siéndolo. Hace ya mucho que no sé nada de él." Me tomó del hombro y soltó esta aclaración previsible: "Para mí, era mejor que Gardel. Pero no lo repitas".

Después de aquella noche tomé un enjambre de notas que quizá sean fieles al relato de Virgili, pero me he quedado con la sensación de que he perdido el tono, la atmósfera de lo que dijo.

Apenas recuerdo el largo paseo que emprendimos más tarde el Tucumano y yo. Nos movíamos de un sitio a otro de la ciudad, en lo que él llamaba "la peregrinación de las milongas". A pesar de que la escenografía y los personajes cambiaban a una velocidad que mis sentidos no podían alcanzar —yendo de la oscuridad cerrada a las luces psicodélicas, de salas de baile para varones a otras donde proyectaban imágenes de una Buenos Aires pretérita y tal vez ilusoria, con avenidas que repetían las de Madrid, París y Milán, entre orquestas de señoritas y tríos de violines jubilados—, mi espíritu se había detenido en algún punto donde nada sucedía, como al amanecer de una batalla que estaba por librarse en otra parte, quizá por la fatiga del viaje o porque esperaba que el inasible Martel apareciera en cualquier lugar de la eterna noche. Fuimos al vasto galpón del Parakultural, también a La Catedral, a La Viruta y a El Beso, que estaban casi vacíos, porque el ritual de las milongas cambiaba al compás de los días. Había sitios asignados para el baile los miércoles de una a tres de la madrugada, o los viernes de once a cuatro. La telaraña de los nombres añadía confusión a la liturgia. Oí que un par de aficionados alemanes se citaba en el Parakultural llamándolo Sociedad Helénica, aunque luego averigüé que éste era tan sólo el nombre del edificio, situado en una calle que para algunos era Canning y para otros Scalabrini Ortiz. Aquella noche tuve la impresión de que Martel podía estar en dos o tres lugares a la vez, o en ninguno, y también pensé que quizá no existía y era otra de las muchas fábulas de la ciudad. Borges había dicho, citando al obispo Berkeley, que si nadie percibía una cosa, ese algo no tenía por qué existir, *esse est percipi*. Por un momento sentí que la frase podía definir la ciudad entera.

Hacia las tres de la mañana volví a ver a Valeria en una sala enorme que se llamaba La Estrella, y que el sábado anterior se había llamado La Viruta. Bailaba con un turista japonés ataviado como un tanguero de manual, con zapatos refulgentes de tacos altos, pantalones pegados a las piernas, un saco cruzado al que le desprendía los botones cuando terminaba la música, y una escultura de gomina en la cabeza que parecía dibujada con regla y compás. Me impresionó que Valeria tuviera la misma frescura de cinco horas antes, en El Rufián, y que condujera al japonés con la destreza de una titiritera, obligándolo a girar sobre su eje y a cruzar las piernas una vez y otra, mientras ella permanecía inmóvil en la pista, concentrada en el centro de gravedad de su cuerpo.

Creo que aquella fue la última visión de la noche porque ya sólo me recuerdo en un colectivo tardío, desembarcando cerca de la pensión de la calle Garay y arrojándome sobre la oscuridad bendita de mi cama.

He leído en un antiguo ejemplar de la revista *Satiricón* que la verdadera madre de Julio Martel, avergonzada porque el recién nacido parecía un insecto, lo arrojó a las aguas del Riachuelo en una canastilla de mimbre, de la cual lo rescataron sus padres adoptivos. Ese relato siempre me ha parecido un desvío religioso de la verdad. Tiendo a creer que es más fiel la versión que me dio el Tano Virgili.

Martel nació hacia el final del tórrido verano de 1945, en un tranvía de la línea 96 que en aquella época cubría el recorrido entre Villa Urquiza y Plaza de Mayo. A eso de las tres de la tarde, la señora Olivia de Caccace caminaba por la calle Donado con el escaso aliento que le permitían sus siete meses de gravidez. Iba a la casa de una hermana enferma de gripe, con una cesta de cataplasmas y una bolsa de caramelos de leche envueltos en papel celofán. Las baldosas de la vereda estaban flojas y la señora Olivia se desplazaba con cuidado. A lo largo de la cuadra, todas las casas compartían su monótono aspecto: un balcón ventrudo de hierro forjado, a la derecha de un zaguán que daba a una puerta cancel de vidrio con biseles y monogramas. Debajo del balcón se abría una ventana enrejada, a través de la cual se recortaban a veces las caras de algunas viejas y niños para quienes el paisaje de la calle, entrevisto a ras del suelo, era el único entretenimiento. Ninguna de esas casas se parece ya a lo que era hace medio siglo. La mayoría de las familias, en el apuro de sobrevivir, debió vender a los corralones de construcción los vidrios de las puertas y el hierro de los balcones.

Cuando la señora Olivia pasaba frente a la casa situada al 1620 de la calle Donado, una mano masculina le aferró uno de los tobillos y la arrojó al piso. Más tarde se supo que allí se alojaba un deficiente mental de casi cuarenta años al que habían dejado junto a la ventana del sótano para que tomase aire. Atraído por la bolsa de caramelos de leche, el idiota no imaginó mejor ardid que derribar a la mujer.

A los gritos de socorro, un comedido logró sentar a la señora Olivia en el tranvía 96, que providencialmente pasaba por la esquina. Esa línea atravesaba varios hospitales en su trayecto, por lo que se le encomendó al conductor que la bajara en el más próximo. No alcanzó a llegar a ninguno. A los diez minutos de travesía, la señora Olivia sintió que perdía líquido a raudales y experimentó los síntomas del parto inminente. El vehículo se detuvo y el conductor llamó desesperado a las casas del vecindario en busca de tijeras y agua hervida. El niño prematuro, un varón, debió ser depositado en una incubadora. La madre insistió en que lo bautizaran cuanto antes con el mismo nombre del padre muerto seis meses atrás, Stéfano. Ni el párroco ni el Registro Civil aceptaron la grafía italiana, por lo que lo inscribieron, al fin, como Estéfano Esteban.

Aunque era alérgico a los gatos y al polen, sufría de diarreas frecuentes y de dolores de cabeza, el niño creció sin dificultad hasta los seis años. Le apasionaba jugar al fútbol y parecía dotado para los ataques veloces desde las alas. Todas las tardes, mientras la señora Olivia se afanaba en la máquina de coser, Estéfano corría por el patio detrás de la pelota, esquivando a rivales imaginarios. En una de esas ocasiones, tropezó con un ladrillo y cayó. Al instante se le formó un derrame desmesurado en la pierna izquierda. El dolor era atroz, pero el incidente parecía tan nimio que la madre no le dio importancia. Al día siguiente, la mancha se extendió y viró a un púrpura amenazador.

En el hospital diagnosticaron que Estéfano era hemofílico. Estuvo un mes en reposo. Al levantarse, el roce ligero de una silla le provocó otro derrame. Tuvieron que enyesarlo. Quedó así condenado a una quietud tan constante que los músculos se le entumecieron. Desde entonces —si acaso hay un entonces para lo que nunca terminará— sobrevino un continuo infortunio. Al niño se le desarrolló un torso enorme, sin armonía con las piernas raquíticas. No podía ir a la escuela y sólo veía a un amigo, el Mocho Andrade, que le prestaba libros y se resignaba a jugar con él a la escoba y al truco. Aprendió a leer de corrido con maestras particulares que le enseñaban de favor. A los once, a los doce años, pasaba las horas oyendo tangos en la radio y, cuando alguno le interesaba, copiaba la letra en un cuaderno. A veces, anotaba también las melodías. Como no conocía los signos musicales, inventó un sistema de rayas, puntos de diez o doce colores y circunferencias que le permitían recordar acordes y ritmos.

El día en que una de las clientas de la señora Olivia le llevó un ejemplar de la revista *Zorzales del 900*, Estéfano fue alcanzado por el rayo de una epifanía. La revista reproducía los tangos suprimidos de los repertorios a comienzos del siglo XX, en los que se narraban guarangadas de burdel. Estéfano desconocía el significado de las palabras que leía. Tampoco su madre o las clientas podían ayudarlo, porque el lenguaje de esos tangos había sido imaginado para aludir a la intimidad de personas muertas mucho tiempo atrás. Los sonidos, sin embargo, eran elocuentes. Como las partituras originales se habían perdido, Estéfano imaginó melodías que imitaban el estilo de *El entrerriano* o *La morocha*, y las aplicó a versos como éstos: *En cuanto te zampo el zumbo / se me alondra el leporino / dentro tenés tanto rumbo / que si jungo, me entrefino.*

A los quince años, podía repetir más de cien canciones recitándolas del revés, con las músicas imaginarias también invertidas, pero lo hacía sólo cuando la madre salía de la casa a entregar sus trabajos de costura. Se encerraba en el baño, donde no podían oírlo los vecinos, y soltaba una voz intensa y dulce de soprano. La belleza de su propio canto lo emocionaba a tal punto que lloraba sin darse cuenta. Le parecía increíble que esa voz fuera de él, por quien sentía tanto desprecio y recelo, y no de Carlos Gardel, al que pertenecían todas las voces. Observaba su cuerpo enclenque en el espejo y le ofrecía a Dios todo lo que era y todo lo que alguna vez podía ser con tal de que asomara en él algún ademán que recordara al ídolo. Durante horas, se plantaba ante el espejo y, echándose al cuello el echarpe blanco de la madre, decía algunas frases que le había oído al gran cantor en sus películas de Hollywood: "Chau, golonderina", "Mirá que es lenda la madurugada".

Estéfano tenía los labios gruesos y el pelo enrulado e hirsuto. Cualquier semejanza física con Gardel era imposible de alcanzar. Imitaba entonces la sonrisa, torciendo ligeramente las comisuras y estirando la piel de la frente, con los dientes llenos de luz. "Buenos días, buen hómbere", saludaba. "¿Cómo lo tarata la vida?"

Cuando le quitaron el yeso, a los dieciséis años, las piernas estaban tiesas y débiles. Un kinesiólogo lo ayudó a fortalecer los músculos a cambio de que la madre cosiera vestidos gratis para toda la familia. Estéfano tardó seis meses en aprender a caminar con muletas y seis más a desplazarse con bastones, atormentado por el terror a caerse y a otra larga postración.

Un domingo de verano, la señora Olivia y dos amigas lo llevaron al parque de diversiones de la Avenida del Libertador. Como no le permitían subir a ninguno de los juegos, por temor a que se hiriera o se le descoyuntaran los huesitos frágiles, el adolescente pasó la tarde aburrido, lamiendo los algodones de azúcar que le compraba el Mocho Andrade. Mientras esperaba descubrió, junto a la carpa del tren fantasma, un kiosco de electroacústica que grababa voces en discos de pasta por la módica suma de tres pesos. Estéfano convenció a las mujeres de que dieran al menos dos vueltas completas en el tren y, apenas las vio desaparecer en la oscuridad, se deslizó en el kiosco y grabó *El bulín de la calle Ayacucho*, tratando de imitar la versión en la que Gardel era acompañado por la guitarra de José Ricardo.

Cuando terminó, el técnico del kiosco le pidió que cantara de nuevo, porque la pasta del disco parecía rayada. Estéfano repitió el tango, nervioso, a un ritmo más rápido. Temía que la madre hubiera salido ya de su entretenimiento y anduviera buscándolo.

¿Cómo te llamás, pibe?, le preguntó el técnico.

Estéfano. Pero estoy pensando en ponerme un nombre más artístico.

Con esa voz no vas a necesitar ninguno. Tenés un sol en la garganta.

El muchacho guardó bajo la camisa la segunda versión, que había salido peor, y tuvo la fortuna de adelantarse a la madre, que daba otra vuelta imprevista en el tren fantasma.

Durante un tiempo anduvo a la busca de una victrola donde oír su disco en secreto, pero no conocía a nadie que tuviera una, y menos para registros de 45 revoluciones, como el que le habían vendido en el kiosco de grabación. A la pasta del disco la afectaba el calor, la humedad y el polvillo acumulado entre los ejemplares de *Zorzales del 900*. Estéfano creyó que la voz grabada se había desvanecido para siempre por el desuso, pero una noche de sábado, mientras estaba con su madre en la cocina oyendo por la radio *Escalera a la fama*, el programa de moda, uno de los locutores anunció que la revelación del momento era un cantor sin nombre, que había grabado *El bulín de la calle Ayacucho* en un estudio precario, *a capella*. Gracias a los milagros de las cintas magnéticas, dijo, la voz estaba ahora subrayada por un acompañamiento de bandoneón y violín. Estéfano reconoció de inmediato la primera grabación, que el técnico del parque de diversiones había fingido descartar, y se puso pálido. Separado de su propia voz, advirtió que seguía unido a ella por el hilo de una admiración que sólo es posible sentir ante lo que no poseemos. No era una voz que él hubiera querido o buscado sino algo que se le había posado en la garganta. Como era ajena a su cuerpo, podía retirársele cuando menos lo esperara. Quién sabe cuántas vueltas habría dado en el pasado y cuántas otras voces cabían en ella. A Estéfano le importaba sólo que se pareciera a una voz, la de Carlos Gardel. Le halagó por eso el comentario de la madre mientras oían *Escalera a la fama*:

Fijáte qué raro, che. Dicen que ese cantor es un desconocido pero no es. Si lo acompañara la guitarra de José Ricardo, podrías jurar que es Gardel.

Tocada por el orgullo, la voz se le escapó:

El bulín de la calle Ayacucho / ha quedado mistongo y fulero...

Estéfano se contuvo antes de avanzar al verso siguiente, pero ya era tarde. La madre dijo:

Te sale igualito.

No soy yo, se defendió Estéfano.

Ya sé que no sos vos. ¿Cómo vas a estar en la radio si estás acá? Pero podrías estar allá si quisieras. ¿Por qué no te ponés a cantar en los clubes? A mí la costura ya me está dejando sin ojos.

Estéfano se ofreció en una o dos cantinas de Villa Urquiza, pero lo rechazaron antes de las pruebas. No lo acompañaba un guitarrista, como era lo usual, y los propietarios temían que su aspecto ahuyentara a la concurrencia. Como no se atrevía a volver a la casa sin algún dinero ganado, aprovechó su memoria infalible para levantar quiniela. Lo contrató un empresario de pompas fúnebres que, en las oficinas contiguas a los cuartos de velatorio, dirigía un garito conectado con los hipódromos y las loterías. Desde allí, Estéfano informaba por teléfono sobre las tarifas de los entierros a la vez que tomaba las apuestas. Recordaba cuánto dinero había arriesgado tal cliente a los tres dígitos finales del premio mayor y cuánto tal otro a la última cifra, además de saber dónde ubicar a cada apostador y a qué horas. Cuando la policía allanó la funeraria por una denuncia anónima, no pudo encontrar la menor prueba que acusara a Estéfano, porque todos los detalles de los juegos estaban en su cabeza.

Pasó varios años en esos menesteres mnemotécnicos y quizás habría seguido toda la vida si el dueño de la funeraria, para recompensarlo, no hubiera cedido a sus ruegos de que lo llevara a cantar en los concursos del club Sunderland. Los premios se decidían por votación: cada entrada daba derecho a un voto, lo que creaba en la sala un aire de campaña electoral. Estéfano tenía pocas posibilidades y lo sabía. Lo único que le importaba, sin embargo, era que la voz, oculta durante tantos años, fluyera por fin en la luz del mundo.

El célebre barítono Antonio Rossi llevaba acumulados diez sábados de triunfos en el Sunderland, y había anunciado que volvería a participar. Su repertorio era previsible: incluía sólo aquellos tangos que estaban de moda y que facilitaban el baile. Estéfano, en cambio, había decidido concursar con alguna canción anterior a 1920, eludiendo las letras de doble sentido para no ofender a las damas.

La funeraria cerraba con frecuencia, por falta de difuntos. Estéfano aprovechaba esas ocasiones para ensayar *Mano a mano*, un tango de Celedonio Flores que tenía un final de inesperada generosidad. Después de vacilar entre otros de Pascual Contursi y de Ángel Villoldo, se había decidido por el que su madre prefería.

35

Durante horas, imitaba entre los ataúdes vacíos las poses de Gardel, con el echarpe enrollado al cuello. Aprendió que su imagen parecía más gallarda si prescindía del bastón y sostenía el micrófono sentado sobre una banqueta.

La víspera del concurso descubrió, en el vestíbulo de la funeraria, un viejo suplemento del diario *La Nación* dedicado al autor de una sola novela que había muerto de tisis en plena juventud. El nombre real del novelista, José María Miró, nada le decía. El seudónimo, en cambio, tenía tanta afinidad con los fonemas de Carlos Gardel, que decidió apropiárselo. Llamarse Julián Martel, como el desdichado escritor del que hablaba el suplemento, podía inducir a la confusión; preferir Carlos Martel era casi un plagio. Optó, entonces, por ser Julio Martel. Al inscribirse en el concurso había prescindido de su ridículo apellido, quedándose con Estéfano, a secas. Ahora pediría que lo anunciaran bajo su nueva identidad.

A las siete de la tarde de un sábado de noviembre, el maestro de ceremonias del Sunderland introdujo por primera vez al joven tenor. Lo habían precedido siete cantantes de voz mediocre. La atención de la sala estaba suspendida a la espera de Antonio Rossi, que iba a repetir, a pedido del público, *En esta tarde gris*, de Mores y Contursi. La pista de baile era una cancha de básquetbol de la que se retiraban los aros y que al día siguiente se usaba para campeonatos de fútbol infantil. Tenía una tarima al fondo con atriles para los dos violines de acompañamiento. Los cantantes solían acercarse demasiado al micrófono y sus interpretaciones eran cortadas por chirridos de estática que desanimaban a la concurrencia. Algunos aficionados, impacientes, preferían conversar o retirarse a la vereda. A la mayoría sólo le interesaba la entrada de Rossi, el invariable resultado del concurso, y el baile que lo sucedía, con música grabada de las grandes orquestas.

Antes de salir al escenario, Estéfano, que ya era definitivamente Julio Martel, supo que iba a perder. Al mirarse en un espejo del pasillo, lo desanimaron su traje brilloso, la camisa con el cuello demasiado grande, la torpe corbata de moño. El peinado con goma tragacanto, que brillaba a las cuatro de la tarde, se deshacía a las siete en una niebla de caspa. En la sala, lo saludaron los tímidos aplausos de la señora Olivia y de tres vecinas. Mientras avanzaba hacia la banqueta, creyó discernir un murmullo de compasión. Cuando los violines arrancaron con *Mano a mano*, se dio valor a sí mismo imaginándose en la cubierta de un barco, irresistible como Gardel.

Tal vez sus ademanes fueran una parodia de los que se veían en las películas del cantor inmortal. Pero la voz era única. Alzaba vuelo por su cuenta, desplegando más sentimientos de los que podían caber en una vida entera y, por supuesto, más de los que dejaba entrever, con modestia, el tango de Celedonio Flores. *Mano a mano* evocaba la historia de una mujer que abandonaba al hombre que amaba por una vida de riquezas y placer. Martel lo convertía en un lamento místico sobre la carne perecedera y la soledad del alma sin Dios.

Los violines del acompañamiento eran desafinados y distraídos, pero quedaban velados por la espesura del canto que avanzaba solo como una furia de oro, y transformaba en oro todo lo que le salía al paso. Estéfano te-

37

nía una dicción deficiente: olvidaba las eses al final de las palabras y simplificaba el sonido de las equis en exuberancia y examen. Gardel, en la versión de *Mano a mano* con la guitarra de José Ricardo, dice carta en vez de canta y conesejo por consejo. Martel, en cambio, acariciaba las sílabas como si fueran de vidrio y las vertía intactas sobre un público que después de la primera estrofa estaba ya hechizado y en silencio.

Lo aplaudieron de pie. Algunas mujeres entusiastas, contrariando las reglas del concurso, le reclamaron un bis. Martel se retiró del escenario turbado y tuvo que apoyarse en el bastón. Desde un banco, en el pasillo, oyó a otro cantor imitar los relinchos de Alberto Castillo. Luego, lo estremecieron las salvas con que el público saludó la entrada de Rossi. Los primeros versos de *En esta tarde gris,* que su rival dejaba caer con voz descolorida, lo convencieron de que esa noche sucedería algo peor que su derrota. Sucedería su olvido. La votación confirmó, como siempre, la abrumadora supremacía de Rossi.

Mario Virgili tenía entonces quince años y sus padres lo habían llevado al club Sunderland para inculcarle amor por el tango. Virgili suponía que Rossi, Gardel, las orquestas de Troilo y de Julio De Caro, encarnaban todo lo que el género podía dar de sí. En 1976, la atroz dictadura argentina lo forzó al exilio, en el que persistió poco más de ocho años. Una noche, en la ciudad de Caracas, mientras visitaba una librería de Sabana Grande, oyó a lo lejos los compases de *Mano a mano* y sintió una invencible nostalgia. La melodía zumbó durante horas en su memoria, en un infinito presente que no quería retirarse. Virgili la había oído cientos de veces, cantada por Gardel, por Charlo, por Alberto Arenas, por Goyeneche. Sin embargo, la voz que estaba instalada en él era la de Martel. El fugaz momento de un sábado de noviembre, en el Sunderland, se había transfigurado para Virgili en un soplo de la eternidad.

La gente desaparecía por millares durante aquellos años, y el cantor también se desdibujó en la rutina de la funeraria, donde trabajaba setenta horas por semana. Como las quinielas habían sido legalizadas, el dueño las sustituyó por mesas de póker y bacarat instaladas al fondo del local, sobre los ataúdes sin uso. Martel tenía el don de saber qué cartas saldrían en cada ronda, e indicaba a los empleados, por un sistema de gestos, cómo tenían que jugar. Acudían numerosos técnicos y obreros sin empleo, y en cada una de las mesas había tanta tensión, tanto deseo de domesticar a la suerte, que Martel sentía remordimiento por acentuar la ruina de aquellos desesperados.

En la primavera de 1981, un coronel ordenó allanar el garito. El dueño de la funeraria fue juzgado pero lo absolvieron por errores de procedimiento. Martel, en cambio, pasó seis meses en la cárcel de Villa Devoto. Ese infortunio lo empequeñeció y adelgazó aún más. Le crecieron los pómulos y los ojos, que se volvieron oscuros y saltones, pero la voz siguió intacta, inmune a la enfermedad y a los fracasos.

Virgili, que había sido vendedor de enciclopedias en Venezuela, se asoció con dos amigos al volver del exilio e instaló una librería en la calle Corrientes, donde había otras veinte o treinta y abundaban los compradores. Lo favoreció un éxito inmediato. La gente se quedaba a conversar hasta la madrugada entre las mesas de saldos, y pronto se vio forzado a poner un café, que animaban guitarristas y poetas espontáneos.

Los meses pasaban desorientados, sin saber hacia dónde iban, como si el pasado fuera inocente del futuro. Una noche de 1985, en la librería, alguien mencionó a un tenor portentoso que cantaba en un almacén de Boedo por lo que quisieran pagarle. Era difícil entender las letras de sus tangos, que reproducían un lenguaje rancio y ya sin sentido. El tenor pronunciaba con delicadeza, pero las palabras no se dejaban atrapar: *Te renquéas a la minora / del esgunfio en el ficardo.* Así era todo, o casi todo. A veces, entre los seis o siete tangos que cantaba por noche, aparecían algunos que los oyentes más viejos identificaban no sin esfuerzo, como *Me ensucié con levadura* o *Me empaché de tu pesebre*, de los que no existían registros ni partituras.

En las primeras apariciones, cuando un flautista acompañaba al tenor, las canciones denotaban picardía, felicidad sexual, juventud perpetua. Luego el flautista fue reemplazado por un bandoneón impasible, grave, que ensombreció el repertorio. Hartos de canciones que no podían descifrar, los clientes más convencionales del almacén dejaron de frecuentarlo. Acudían, en cambio, oyentes con más imaginación, maravillados por una voz que, en vez de repetir imágenes o historias, se deslizaba de un sentimiento a otro, con la transparencia de una sonata. Como la música, la voz no necesitaba de sentidos. Se expresaba sólo a sí misma.

Virgili tuvo el pálpito de que esa persona era la misma que veintidós años atrás había cantado *Mano a mano* en el Sunderland. El sábado siguiente fue al almacén de Boedo. Cuando vio desplazarse a Martel hacia la tarima, junto al mostrador, incorpóreo como una araña, y lo oyó cantar, cayó en la cuenta de que su voz eludía todo relato porque ella misma era el relato de la Buenos Aires pasada y de la que vendría. Suspendida por un hilo tenue de los do y de los fa, la voz insinuaba el degüello de los unitarios, la pasión de Manuelita Rosas por su padre, la Revolución del Parque, el hacinamiento y la desesperanza de los inmigrantes, las matanzas de la Semana Trágica en 1919, el bombardeo de la Plaza de Mayo antes de la caída de Perón, Pedro Henríquez Ureña corriendo por los andenes de Constitución en busca de la muerte, las censuras del dictador Onganía al *Magnificat* de Bach y a las hechicerías de Noé, Deira y De la Vega en el Instituto Di Tella, los fracasos de una ciudad que tenía todo y a la vez tenía nada. Martel la dejaba caer como un agua de mil años.

Venga a cantar a la librería El Rufián Melancólico, le propuso Virgili cuando la función terminó. Puedo pagarles una suma fija a usted y a su bandoneón.

Suma fija, mirá qué bien. Pensé que ya no existían esas cosas.

La voz con la que hablaba no se parecía en absoluto a la del canto: era reticente y sin educación. El hombre que la emitía parecía distinto del que cantaba. Llevaba un ridículo anillo con piedras y sellos en el meñique izquierdo. Las venas de las manos estaban hinchadas, marcadas por agujas.

Existen, dijo Virgili. En la calle Corrientes va a oírlo más gente. La que usted merece.

No se atrevía a tutearlo. Martel, en cambio, le respondía mirando hacia otro lado.

La que viene acá no está mal, che. Decíme cómo es el trato y dejáme que lo piense.

Empezó a cantar en El Rufián el viernes siguiente. Seis meses después lo llevaron al Club del Vino, donde compartió la cartelera con Horacio Salgán, Ubaldo de Lío y el bandoneonista Néstor Marconi. Aunque sus tangos eran cada vez más abstrusos y remotos, la voz se alzaba con tanta pureza que la gente reconocía en ella los sentimientos que había perdido u olvidado, y rompía a llorar o a reír, sin la menor vergüenza. La noche en que Jean Franco fue al Club del Vino lo aplaudieron de pie durante diez minutos, y habría seguido así quién sabe por cuánto tiempo si una hemorragia en el aparato digestivo no lo hubiera mandado al hospital.

A la hemofilia de Martel, provocada por la carencia del factor octavo, se le sumó un cortejo de enfermedades. Con frecuencia sucumbía a fiebres malignas y neumonías o se llenaba de costras que disimulaba con maquillaje. Ninguno de sus admiradores sabía que llegaba a cantar en silla de ruedas, y que no habría podido caminar más de tres pasos por el escenario. Cerca de las bambalinas estaba siempre una banqueta atornillada al piso, en la cual se apoyaba para cantar después de una ligera inclinación de cabeza. Hacía ya tiempo que era incapaz de imitar los ademanes de Gardel y, aunque nada le habría gustado más que poder hacerlo, su estilo había ganado por eso en parquedad y en una cierta invisibilidad del cuerpo. Así, la voz destellaba sola, como si no existiera otra cosa en el mundo, ni siquiera el bandoneón de fondo que la acompañaba.

La hemorragia digestiva lo mantuvo durante un par de años fuera de circulación. Meses antes de que yo llegara a Buenos Aires, volvió a cantar. Ya no lo hacía cuando le pedían sino cuando a él le daba la gana. En vez de regresar a El Rufián o al Club del Vino, donde aún se lo añoraba, aparecía de pronto en las milongas de San Telmo y de Villa Urquiza, u ofrecía funciones al aire libre en cualquier lugar de la ciudad, para los que quisieran oírlo. Al repertorio de tangos pretéritos se fueron incorporando los que habían compuesto Gardel y Le Pera, y algunos clásicos de Cadícamo.

Cierta noche cantó desde el balcón de uno de los hoteles para amantes furtivos que había en la calle Azcuénaga, detrás del cementerio de la Recoleta. Muchas parejas interrumpieron el fragor de sus pasiones y oyeron cómo la voz poderosa se infiltraba por las ventanas y bañaba para siempre sus cuerpos con un tango cuyo lenguaje no entendían ni habían oído jamás, pero que reconocían como si les viniera de una vida anterior. Uno de los testigos le contó a Virgili que sobre las cruces y arcángeles del cementerio se abrió el arco de una aurora boreal, y que después del canto todos los que estaban allí sintieron una paz sin culpas.

Se presentaba en lugares inusuales, que no tenían interés especial para nadie o que quizá dibujaban un mapa de otra Buenos Aires. Después del recital en la estación, anunció que alguna vez descendería al canal por el que discurría el arroyo Maldonado, bajo la avenida Juan B. Justo, atravesando la ciudad de este a oeste, para cantar allí un tango del que ya nadie tenía memoria, cuyo ritmo era una mixtura indiscernible de habaneras, milongas y rancheras.

Sin embargo, antes cantó en otro túnel: el que se abre como un delta bajo el obelisco de la Plaza de la República, en el cruce de la avenida 9 de Julio y la calle Corrientes. El lugar es inadecuado para la voz, porque los sonidos se arrastran seis o siete metros y se apagan de súbito. En una de las entradas hay una hilera de butacas con apoyapiés para los escasos paseantes que se lustran los zapatos, y bancos minúsculos para quienes los sirven. Alrededor, abundan los afiches de equipos de fútbol y conejitas de *Playboy*. Dos de los desvíos conducen a kioscos y baratillos de ropa militar, diarios y revistas usados, plantillas y cordones de zapatos, perfumes de fabricación casera, estampillas, bolsos y billeteras, reproducciones industriales del *Guernica* y de la *Paloma* de Picasso, paraguas, medias.

Martel no cantó en esos desvíos populosos del laberinto sino en una de las oquedades sin salida, donde algunas familias sin techo habían montado su campamento de nómades. Cualquier voz cae allí desplomada apenas sale de la garganta: la espesura del aire la derriba. A Martel se lo oyó, sin embargo, en todos los afluentes de los túneles, porque su voz iba sorteando los obstáculos como un hilo de agua. Fue la única vez que cantó *Caminito*, de Filiberto y Coria Peñaloza, un tango inferior a las exigencias de su repertorio. Virgili creía que lo hizo porque todos los que andaban por ahí podrían seguir la letra sin desorientarse, y porque no quería añadir otro enigma a un laberinto subterráneo en el que ya había tantos.

44

Nadie sabía por qué Martel actuaba en lugares tan inhóspitos sin, además, cobrar un centavo. A fines de la primavera de 2001, en Buenos Aires abundaban las peñas, los teatros, las cantinas y las milongas que lo habrían recibido con los brazos abiertos. Quizá tuviera vergüenza de exponer un cuerpo con el que, día tras día, se ensañaban las enfermedades. Estuvo internado dos semanas por una fibrosis hepática. A veces le salía sangre por la nariz. La artrosis no le daba tregua. Sin embargo, cuando nadie lo esperaba, acudía a sitios absurdos y cantaba para sí mismo.

Aquellos recitales debían de tener un sentido que sólo él conocía, y así se lo dije a Virgili. Me propuse averiguar si los sitios a los que acudía Martel estaban unidos por algún orden o designio. Cualquier artificio de la lógica o la repetición de un detalle podría revelar la secuencia completa y permitir que me adelantara a su próxima aparición. Yo estaba convencido de que los desplazamientos aludían a un Buenos Aires que no veíamos y durante una mañana entera me entretuve componiendo anagramas con el nombre de la ciudad, sin llegar a parte alguna. Los que encontré eran idiotas: beso en Rusia / no sé, es rubia / suena, serbio / sería un beso.

Una tarde, a eso de las dos, Martel se internó en las entrañas del Palacio de Aguas, donde aún se conservan, intactas, las pasarelas de hierro, las válvulas, los tanques, las cañerías y las columnas que cien años antes distribuían setenta y dos mil toneladas de agua potable entre los habitantes de Buenos Aires. Supe que allí había cantado otro tango de sonidos oscuros y que se había retirado en silla de ruedas. No le importaba, entonces, repetir los dibujos de la historia, porque la historia no se mueve, no habla, todo lo que hay en ella ya está dicho. Quería, más bien, recuperar una ciudad del pasado que sólo él conocía e ir transfigurándola en el presente de la ciudad que se llevaría consigo cuando muriera.

DOS

Octubre 2001

Con el paso de los días, fui aprendiendo que Buenos Aires, diseñada por sus dos fundadores sucesivos como un damero perfecto, se había convertido en un laberinto que sucedía no sólo en el espacio, como todos, sino también en el tiempo. Con frecuencia trataba de ir a un lugar y no podía llegar, porque lo impedían cientos de personas que agitaban carteles en los que protestaban por la falta de trabajo y el recorte de los salarios. Una tarde quise atravesar la Diagonal Norte para llegar a la calle Florida, y una férrea muralla de manifestantes indignados, batiendo un bombo, me obligó a dar un rodeo. Dos de las mujeres levantaron las manos como si me saludaran y les respondí imitándolas. Debí de hacer algo que no debía porque me lanzaron un escupitajo que conseguí esquivar, profiriendo insultos que jamás había oído y que no sabía entonces lo que significaban: "¿Sos rati vos, ortiba, trolo? ¿Te pagaron buena teca, te pagaron?" Una mujer amagó pegarme, y la contuvieron. Dos horas más tarde, cuando regresé por la calle de la Catedral, los encontré de nuevo y temí lo peor. Pero en ese momento parecían cansados y no me prestaron atención.

Lo que sucede con las personas sucede también con los lugares: mudan a cada momento de humor, de gravedad, de lenguaje. Una de las expresiones comunes del habitante de Buenos Aires es "Acá no me hallo", que equivale a decir "Acá yo no soy yo". A los pocos días de llegar visité la casa situada en la calle Maipú 994, donde Borges había vivido más de cuarenta años, y tuve la sensación de que la había visto en otra parte o, lo que era peor, que se trataba de una escenografía condenada a desaparecer apenas me diera vuelta. Tomé algunas fotos y, al regresar del revelado rápido, advertí que el zaguán se había transformado de manera sutil y las baldosas del piso estaban dispuestas de otra manera.

Con Julio Martel me sucedió algo peor. Por mucho empeño que puse, no pude asistir a ninguna de sus presentaciones, que eran extravagantes y esporádicas. Alguien me reveló dónde vivía y pasé horas esperándolo ante la puerta de su casa hasta que lo vi salir. Era bajo, de cuello corto, con un pelo negro y denso, endurecido por lacas y fijadores. Se movía a saltos, como una langosta: tal vez se apoyaba en un bastón. Intenté seguirlo en un taxi y lo perdí cerca de la Plaza de los Dos Congresos, en una esquina cortada por manifestaciones de maestros. Tuve la sensación de que en el Buenos Aires de aquellos meses los hilos de la realidad se movían a destiempo de las personas y tejían un laberinto en el que nadie encontraba nada, ni a nadie.

El Tucumano me contó que algunas empresas de turismo organizaban paseos de una o dos horas para los europeos que desembarcaban en el Aeropuerto de Ezeiza, en tránsito hacia los glaciares de la Patagonia, las cataratas del Iguazú o las ensenadas de Puerto Madryn, donde las ballenas enloquecían durante sus partos fragorosos. Los ómnibus se perdían con frecuencia entre las ruinas del Camino Negro o en los lodazales de la Boca y tardaban días en reaparecer, sin que los pasajeros recordaran qué los había entretenido.

Los marean con toda clase de anzuelos, me dijo el Tucumano. Una de las excursiones recorre los grandes estadios de fútbol simulando que es un día de partidos clásicos. Juntan un centenar de turistas y van desde la cancha de River a la de Boca, y desde ahí a la de Vélez en Liniers. Ante las puertas hay vendedores de chorizos, de camisetas, de banderines, mientras por los altavoces de los estadios se reproduce el rugido de una multitud que no está, pero que los visitantes adivinan. Hasta se han escrito crónicas sobre esa falsía, dijo el Tucumano, y yo pensé quiénes podrían haberlas hecho: ¿Albert Camus, Bruce Chatwin, Naipaul, Madonna? A todos ellos les mostraron una Buenos Aires que no existe, o sólo pudieron ver la que ya habían imaginado antes de llegar. Hay también excursiones por los frigoríficos, siguió el Tucumano, y otra de veinte pesos por los cafés famosos. A eso de las siete de la tarde llevan a los turistas de paso a ver los cafés de la Avenida de Mayo, de San Telmo y de Barracas. En el Tortoni les preparan un espectáculo con jugadores de dados que revolean sus cubiletes y se amenazan con facones. Oyen cantores de tango en El Querandí, y en El Progreso de la avenida Montes de Oca conversan con escritores de novelas que están trabajando en sus computadoras portátiles. Todo es trucho, pura fachada, como te imaginás.

Lo que no sabía entonces es que también había una excursión municipal dedicada a la Buenos Aires de Borges, hasta que vi a los turistas llegar a la pensión de la calle Garay un mediodía de noviembre, en un ómnibus cuyos flancos lucían el chillón monograma de McDonald's. Casi todos venían de Islandia y Dinamarca y estaban en tránsito hacia los lagos del sur, donde los paisajes los iban a sorprender quizá menos que la soledad sin fin. Disponían de un inglés gutural, que les permitía conversaciones intermitentes, como si la distancia dejara las palabras por la mitad. Entendí que habían pagado treinta dólares por un paseo que empezaba a las nueve de la mañana y terminaba poco antes de la una. El folleto que les entregaron para orientarse era una hoja de papel diario doblada en cuatro, en la que abundaban avisos de masajistas a domicilio, clínicas de reposo y pastillas de venta libre que producían euforia. En esa selva tipográfica, a duras penas asomaban los puntos del itinerario, explicados en un inglés torcido por la sintaxis castellana.

El primer punto de la travesía había sido la casa natal de Borges, en la calle Tucumán 840, a una hora de la mañana en que el tránsito de los sábados es intrincado e impaciente. Allí, la mujer que les servía de cicerone —una joven menuda, de rodete, y ademanes de maestra primaria— leyó a toda velocidad el fragmento de la *Autobiografía* que describía el solar, *a flat roof; a long, arched entranceway called a* zaguán; *a cistern, where we got our water; and two patios.* Vaya a saber cómo imaginaban los escandinavos la cisterna, o más bien el aljibe, con una roldana en lo alto de la que colgaba el balde para el agua. De todos modos, ya nada de aquello estaba en pie. En el emplazamiento original de la casa se alzaba un negocio con tres nombres: Solar Natal, Café Literario y Fundación Internacional Jorge Luis Borges. La fachada era de vidrio, y permitía ver un paisaje de mesas y sillas de hierro forjado, con almohadones de tela cruda y lazos sobre los asientos. Al fondo, en el patio descubierto, se divisaban otras mesas con sombrillas y varios globos de colores, que quizá fueran los residuos de una fiesta infantil. Sobre la fachada se extendía, como una venda, una franja pintada de rosa viejo. El edificio de la derecha, que pertenecía a la Asociación Cristiana Femenina, en el número 848, también reclamaba su derecho a que lo consideraran sede natal. Lucía una placa vistosa, de bronce, que protestaba por las mudanzas en la numeración de la calle y sostenía que, desde 1899, los edificios se habían desplazado de su lugar primitivo y la calle entera estaba cayendo por la pendiente del río, aunque éste distaba por lo menos kilómetro y medio.

El itinerario de la excursión era ahorrativo. Censuraba los arrabales de Palermo y de Pompeya, por los que Borges había caminado hasta el amanecer cuando aquellos parajes se detenían de pronto en el campo abierto, en la desmesura de un horizonte sin nada, luego de atravesar callejones, cigarrerías y quintas. Omitía, sobre todo, la manzana de su poema "Fundación mítica de Buenos Aires", donde el escritor había vivido desde los dos hasta los catorce años, antes de que la familia se afincara en Ginebra, y donde había tenido la intuición, luego confirmada por el filósofo idealista Francis Herbert Bradley, de que el tiempo es una incesante agonía del presente desintegrándose en el pasado.

La mujer del rodete había informado a los viajeros que el punto donde se fundó Buenos Aires está en la Plaza de Mayo, porque allí el vizcaíno Juan de Garay plantó un árbol de justicia el 11 de junio de 1580, y desbrozó el campo con su espada, limpiándolo de pastizales y juncos en señal de que así tomaba posesión de la ciudad y del puerto. Cuarenta y cuatro años antes había hecho lo mismo el granadino Pedro de Mendoza, en el parque Lezama, otra plaza situada a media legua en dirección Sur, pero entonces la ciudad fue despoblada e incendiada, mientras Mendoza agonizaba de sífilis en su barco.

Desde que Buenos Aires nació, una extraña sucesión de calamidades atormentó a los fundadores. A Mendoza se le sublevó dos veces la tripulación de sus naves, una de ellas equivocó el rumbo y fue a dar al Caribe, sus soldados perecieron de hambre y se entregaron a la antropofagia, y casi todos los fuertes que dejó en su derrotero fueron extinguidos por repentinos incendios. También Garay afrontó motines de las guarniciones de tierra, pero el peor de los motines sucedió en su cabeza. En 1581 se lanzó en busca de la ilusoria Ciudad de los Césares, a la que imaginaba en sueños como una isla de gigantes custodiada por dragones y grifos, en cuyo centro se alzaba un templo de oro y carbunclo que resplandecía en las tinieblas. Descendió más de cien lenguas por la costa ventruda de Samborombón y el Atlántico Sur sin encontrar rastros de lo que había imaginado. Al regresar, ya no sabía orientarse en la realidad y, para recuperar la razón, necesitaba buscarla en los sueños. En marzo de 1583, mientras viajaba en un bergantín hacia Carcarañá, se detuvo ya de noche en un entramado de arroyos y canales sin aparente salida. Decidió acampar en tierra firme y quedarse a esperar la mañana con su tripulación de cincuenta españoles. Nunca la vio llegar. Una avanzada de guerreros querandíes lo atacó antes del amanecer y le desgarró el sueño a lanzazos.

Desde el solar natal, los visitantes fueron llevados a la casa de la calle Maipú, donde Borges vivió en un cuarto monacal, separado del dormitorio de su madre por un tabique de madera. Era una celda tan estrecha que apenas cabían la cama, el velador y una mesa de trabajo. Examinar esa intimidad ya desvanecida no era parte de la excursión. Se concedía a los viajeros sólo un rápido alto frente a la fachada, y un recorrido más piadoso por la librería La Ciudad, que estaba enfrente, a la que Borges acudía por las mañanas para dictar los poemas que la ceguera no le consentía escribir.

A pesar de las urgencias del tránsito, el paseo hasta entonces había sido apacible. Lo alteraban sólo la ira de los automovilistas obligados a detenerse detrás del ómnibus, y el infierno de las bocinas, que más de una vez había convencido a Borges de que debía mudarse a un suburbio silencioso. Hasta ese momento de la mañana, cuando eran poco más de las diez, nada había desconcertado aún a los viajeros. Reconocían los puntos del itinerario porque figuraban, aunque con menor detalle, en los manuales escandinavos de turismo.

La primera alteración de la rutina sobrevino cuando, a instancias de la cicerone municipal, se aventuraron a pie por la calle Florida, desde su cruce con la calle Paraguay, siguiendo la ruta que Borges emprendía casi a diario para ir a la Biblioteca Nacional. Todo era distinto a lo que indicaban los relatos de treinta años atrás y aun de lo que decían los prolijos manuales de Copenhague. La calle, que a fines del siglo XIX había sido un paseo elegante y, más tarde, durante la década de 1960, el espacio de las vanguardias, de la locura, de los desafíos a la realidad y al orden, era aquella mañana de sábado una repetición de los rumorosos mercados centroamericanos al aire libre. Cientos de buhoneros extendían, al centro de la calzada, frazadas y paños sobre los que colocaban objetos tan inútiles como vistosos: lápices y peines de tamaño gigantesco, cinturones rectos y rígidos, teteras de loza con el pico levantado hacia el asa, retratos a lápiz que diferían por completo del modelo.

Grete Amundsen, una de las turistas danesas, se detuvo a comprar un mate de madera de cactus, que permitía al agua hirviente escurrirse hacia el exterior apenas era vertida en el recipiente. Mientras examinaba el objeto y admiraba su ingeniería, que le recordaba lo que había leído sobre las mamas de las ballenas, Grete quedó en el centro de un corro que se formó de pronto en la calzada, junto a una pareja de bailarines de tango. Como era la más alta de los excursionistas —calculé, cuando la vi, que medía más de seis pies—, pudo seguir con alarma lo que sucedió como si estuviera en el palco de un teatro. Le pareció que había entrado por error en un sueño equivocado. Vio a sus compañeros alejarse calle abajo. Los llamó con toda la fuerza de sus pulmones, pero no había sonido que se impusiera al fragor de aquella feria matinal. Vio a tres violinistas adelantarse hacia el claro donde estaba prisionera, y los oyó tocar una melodía que no reconoció. Los bailarines de tango dibujaron una coreografía barroca, de la que Grete trató de escapar mientras corría de un lado a otro, sin encontrar fisuras en la muchedumbre cada vez más compacta. Por fin, alguien le abrió paso, pero fue sólo para dejarla encerrada dentro de una segunda muralla humana. Avanzó dando codazos y puntapiés y profiriendo maldiciones de las que sólo se entendía la palabra *fuck*. No distinguía ya signo alguno de sus amigos. Tampoco reconocía el lugar donde estaba. En el entrevero la habían despojado de la cartera, pero no le quedaba coraje para regresar a buscarla. Los mercaderes que vio al salir del tumulto eran los mismos; la calle, sin embargo, era súbitamente otra. En una sucesión idéntica a la de minutos antes, vio los paños colmados de peines y cinturones, de teteras y colgantes, así como al vendedor de mates, para quien el tiempo no parecía haberse movido. "¿Florida?", le preguntó, y el hombre, irguiendo la quijada, señaló el cartel que estaba sobre su cabeza, en el que podía leerse, con toda claridad, Lavalle. "*Is not Florida?*", dijo con desconsuelo. "Lavalle", informó el buhonero. "Esto se llama Lavalle". Grete sintió que el mundo desaparecía. Era su segunda mañana en la ciudad, hasta entonces se había dejado trasladar de un lugar a otro por guías serviciales, y no recordaba el nombre del hotel. ¿Panamericano, Interamericano, Sudamericano? Todo le sonaba igual. Aún retenía en el puño, arrugado, el folleto con el itinerario de la excursión. La alivió aferrarse a esas palabras de las que sólo entendía una, Florida. Siguió, en el tosco mapa, el derrotero de sus amigos: *Florida, Perú hasta México. Casa del Escritor. Ex Biblioteca Nacional.* Tal vez el ómnibus con los monogramas de McDonald's los esperaba allí, en esa última estación. Vio pasar, a lo lejos, una lenta procesión de taxis. La tarde anterior había aprendido que en Buenos Aires hay más de treinta mil, y que casi todos los choferes intentan demostrar, a la primera ocasión, que son dignos de un trabajo mejor. El que la trasladó desde el aeropuerto al hotel le ofreció una clase sobre superconductividad, en un inglés pasable; otro, por la noche, criticó la idea del pecado en *Temor y temblor*, de Kierkegaard, o al menos así lo dedujo Grete del título del libro y del disgusto del conductor. La cicerone les explicó que, aunque letrados, algunos taxistas eran peligrosos. Se desviaban del camino, levantaban a un cómplice y desplumaban a los viajeros. ¿Cómo distinguirlos? Nadie lo sabía. Lo más seguro era tomar un vehículo del que alguien se estuviera bajando, pero eso dependía del azar. La ciudad estaba llena de taxis desocupados.

Aun a sabiendas de que no tenía dinero, Grete hizo señas a un chofer joven, de pelo enmarañado. ¿Por dónde querés ir? ¿Preferís el Bajo o la Nueve de Julio?, eran preguntas usuales para las que ya había aprendido la respuesta: "Por donde quiera. Ex Biblouteca Nacional". Sus compañeros de excursión no podían tardar más de una hora. El itinerario era estricto. Cualquiera de ellos le prestaría unos pesos.

Mientras avanzaban, las avenidas iban tornándose más anchas, y el aire, aunque turbado a veces por bolsas de plástico que alzaban súbito vuelo, era más transparente. La radio del taxi transmitía sin cesar órdenes que aludían a una ciudad infinita, inabarcable para Grete: "Federico espera en Rómulo Naón 3873, segundo charlie, doce a quince minutos. Kika en la puerta de Colegio del Pilar, identificar por Kika, siete a diez minutos. A ver, quién está cerca de Práctico Poliza en Barracas, evitar Congreso, alpha cuatro, hay concentración de médicos y cierran el paso por Rivadavia, Entre Ríos, Combate de los Pozos". Y así. Pasaron frente a una solitaria torre roja, en el centro de una plaza, junto a una larga muralla que protegía interminables contenedores de acero. Más allá se extendía un parque, un edificio pesado y sombrío cuyo frente imitaba el Reichstag berlinés, y luego la gigantesca escultura de una flor metálica. A lo lejos, a la izquierda, una torre maciza, sostenida por cuatro columnas de Hércules, parecía ser el punto de llegada.

Ahí la tenés. La Biblioteca, anunció el taxista.

Condujo el vehículo por la calle Agüero, se detuvo junto a una escalinata de mármol y le indicó que subiera por una rampa hacia la torre. Fijáte en el letrero de la entrada, que te confirma el destino, dijo.

Could you please wait just one minute?, pidió Grete.

En lo alto de la rampa había una terraza interrumpida por una pirámide trunca, coronada por un extractor de aire. Que el ómnibus del McDonald's no hubiera llegado acentuaba la sensación de vacío y deserción de las cosas. Sólo percibía lo que no estaba y, por lo tanto, ni siquiera se percibía a ella misma. Desde uno de los parapetos de la terraza observó los jardines de enfrente y las estatuas que interrumpían el horizonte. Se trataba de la Biblioteca, la indicación era inequívoca. Sin embargo, la embargaba un sentimiento de extravío. En algún momento de la mañana, tal vez cuando se desplazó sin saber cómo de la calle Florida a la de Lavalle, todos los puntos de la ciudad se le habían enredado. Hasta los mapas que había visto la tarde anterior eran confusos, porque el oeste correspondía invariablemente al norte, y el centro estaba volcado sobre la frontera este.

El taxista se le acercó sin que ella lo advirtiera. Una brisa ligera alborotaba su pelo, ahora enhiesto, electrizado.

Fijáte allá, a la izquierda, le señaló.

Grete siguió el derrotero de la mano.

Aquélla es la estatua del papa Juan Pablo II, y la otra, sobre la avenida, la de Evita Perón. También hay un mapa del barrio, ¿ves?, la Recoleta, con el cementerio a un costado.

Entendía los nombres: el papa, *the Pope?*, Evita. Sin embargo, las figuras eran incongruentes con el lugar. Ambas estaban de espaldas al edificio y a todos sus significados. ¿Sería aquélla, en verdad, la Biblioteca? Ya estaba habituándose a que las palabras estuvieran en un lugar y lo que querían decir en cualquier otro.

Trató de explicar, por señas, su desorientación y su despojo. El lenguaje era insuficiente para exponer algo tan simple, y los movimientos de las manos, más que aclarar los hechos, tendían a modificarlos. Una voz animal habría sido más clara: la emisión de sonidos no modulados que indicaran desesperación, orfandad, pérdida. Ex Biblouteca, repetía Grete. Ex, Ex.

Pero si esto es la Biblioteca, decía el chofer. ¿No ves que estamos acá?

Dos horas más tarde, ante la entrada de la pensión de la calle Garay, mientras contaba la historia a sus compañeros de excursión y yo iba resumiéndola para la encargada y el Tucumano, Grete seguía sin determinar en qué momento habían empezado a entenderse. Fue como un súbito pentecostés, dijo: el don de lenguas descendió y los iluminó por dentro. Tal vez le había señalado al taxista alguna piedra de Roseta en el mapa, tal vez éste supo que la palabra Borges descifraría los códigos y adivinó que la Biblioteca buscada era la extinta y exánime, la ex, una ciudad sin libros que languidecía en el remoto sur de Buenos Aires. Ah, es la otra, le había dicho el joven. Más de una vez he llevado músicos a ese lugar: he llevado violines, clarinetes, guitarras, saxos, fagots, gente que está exorcizando el fantasma de Borges porque él, como vos ya sabrás, era un ciego musical, no distinguía a Mozart de Haydn y detestaba los tangos. No los detestaba, dije, corrigiéndole el dato a Grete cuando lo repitió. Sentía que la inmigración genovesa los había pervertido. Borges ni siquiera apreciaba a Gardel, le había informado el taxista. Una vez fue al cine a ver *La ley del hampa*, de Josef von Sternberg, en la época que se ofrecían números vivos entre una y otra película. Gardel iba a cantar en ese intervalo y Borges, irritado, se levantó y se fue. Eso es verdad: no le interesaba Gardel, le dije a Grete. Habría preferido oír a uno de esos improvisadores que

61

cantaban en las pulperías de las afueras a comienzos del siglo XX, pero cuando Borges regresó de su largo viaje a Europa, en 1921, ya no quedaba ni uno que valiera la pena.

Los naufragios de Grete aquella mañana eran para ella, ahora, razones de celebración. Había visto en el taxi, dijo, otra Buenos Aires: una muralla de ladrillos rojos más allá de la cual se erguían flores de mármol, compases masónicos, ángeles con trompetas, ahí tiene usted el laberinto de los muertos —le había dicho el joven del pelo enmarañado—, han enterrado todo el pasado de la Argentina bajo ese mar de cruces, y sin embargo, a la entrada de aquel cementerio —contó Grete—, había dos árboles colosales, dos gomeros surgidos de algún manglar sin edad, que desafiaban al tiempo y sobrevivirían a la destrucción y a la desdicha, sobre todo porque las raíces se trenzaban en lo alto y buscaban la luz del cielo, los cielos de Escandinavia jamás eran tan diáfanos. Todavía estaba Grete contemplándolo cuando el taxi se desvió por calles tediosas y desembocó en una plaza triangular a la que daban tres o cuatro palacios copiados de los que se veían en la avenue Foch, por favor párese aquí un momento, había rogado Grete, mientras observaba las lujosas ventanas, las veredas sin nadie y el claro cielo arriba. Fue entonces cuando se acordó de una novela de George Orwell, *Subir en busca de aire,* que había leído en la adolescencia, en la que un personaje llamado George Bowling se describía así: "Soy gordo, pero delgado por dentro. ¿Nunca se les ha ocurrido pensar que hay un hombre delgado dentro de cada gordo, así como hay una estatua en cada bloque de piedra?". Eso es Buenos Aires, se dijo en aquel momento Grete y nos lo repitió más tarde: un delta de ciudades abrazado por una sola ciudad, breves ciudades anoréxicas dentro de esta obesa majestad única que consiente avenidas madrileñas y cafés catalanes junto a pajareras napolitanas y templetes dóricos y mansiones de la Rive Droite, más allá de todo lo cual —le había insistido el taxista— están sin embargo el mercado de hacienda, el mugido de las reses antes del sacrificio y el olor a bosta, es decir el relente de la llanura, y también una melancolía que no viene de parte alguna sino de acá, de la sensación de fin del mundo que se siente cuando se mira los mapas y se advierte cuán sola está Buenos Aires, cuán a trasmano de todo.

Cuando entramos a la avenida 9 de Julio y vimos el obelisco en el centro, me dio tristeza pensar que dentro de dos días tendremos que irnos, dijo Grete. Si pudiera nacer otra vez, elegiría Buenos Aires y no me movería de aquí aunque volvieran a robarme la billetera con cien pesos y la licencia de conducir de Helsingør porque puedo vivir sin eso pero no sin la luz del cielo que he visto esta mañana.

Había llegado a la Biblioteca Nacional de Borges, en la calle México, casi al mismo tiempo que sus fatigados compañeros. También allí debieron conformarse con la fachada, inspirada en el renacimiento milanés. Cuando la cicerone tuvo al grupo reunido en la vereda de enfrente, entre baldosas rotas y cagadas de perros, informó que el edificio, terminado en 1901, estuvo originalmente destinado a los sorteos de la lotería y por eso abundaba en ninfas aladas de ojos ciegos que representaban el azar y grandes bolilleros de bronce. A la telaraña de las estanterías se ascendía por laberintos circulares que desembocaban, cuando se sabía llegar, en un corredor de techos bajos, contiguo a una cúpula abierta sobre el abismo de libros. La sala de lectura había sido privada de sus mesas y lámparas hacía más de una década, y el recinto servía ahora para los ensayos de las orquestas sinfónicas. "Centro Nacional de Música", rezaba el cartel de la entrada, junto a las desafiantes puertas. Sobre la pared de la derecha, había una inscripción pintada con aerosol negro "La democracia dura lo que dura la obediencia". La hizo un anarquista, dijo la cicerone, despectiva. Fíjense que la firmó con una A dentro de una circunferencia.

Aquélla fue la penúltima estación antes de que desembarcaran en el residencial donde vivo. El ómnibus los condujo a través de calles maltrechas hasta un café, en la esquina de Chile y Tacuarí, donde —según la guía—, Borges había escrito cartas de amor desesperadas a la mujer que una y otra vez rechazaba sus peticiones de matrimonio y a la que trató de seducir en vano dedicándole "El Aleph", mientras esperaba que ella saliera del edificio donde vivía para acercársele aunque sólo fuera con la mirada, *I miss you unceasingly*, le decía. La letra de imprenta, "mi letra de enano", dibujaba líneas cada vez más inclinadas hacia abajo, en señal de tristeza o devoción, *Estela, Estela Canto, when you read this I shall be finishing the story I promised you*. Borges no sabía expresar su amor sino en un inglés exaltado y suspirante, temía manchar con sus sentimientos la lengua del relato que estaba escribiendo.

Siempre he pensado que el personaje de Beatriz Viterbo, la mujer que muere al empezar "El Aleph", deriva en línea directa de Estela Canto, les dije a los escandinavos cuando estaban reunidos en el vestíbulo de la pensión. Durante los meses en que escribió el cuento, Borges leía a Dante con fervor. Había comprado los tres pequeños volúmenes de la traducción de Melville Anderson en la edición bilingüe de Oxford, y en algún momento debió sentir que Estela podía guiarlo al Paraíso así como la memoria de Beatriz, Beatrice, le había permitido ver el aleph. Ambas eran ya pasado cuando terminó el relato; ambas habían sido crueles, altaneras, negligentes, desdeñosas, y a las dos, la imaginaria y la real, les debía "las mejores y quizá las peores horas de mi vida", como había escrito en la última de sus cartas a Estela.

No sé cuánto de eso podía interesar a los turistas, que estaban ansiosos por ver —algo imposible— el aleph.

Antes de que empezara la visita guiada a la pensión, el Tucumano me tomó del brazo y me arrastró hacia el cuarto donde Enriqueta, la encargada, tenía el tablero de las llaves y los enseres de limpieza.

Si el Ale no es una persona, ¿de qué la va, entonces?, me preguntó, con un dejo impaciente.

El aleph, dije, es un cuento de Borges. Y también, según el cuento, es un punto en el espacio que contiene todos los puntos, la historia del universo en un solo lugar y en un instante.

Qué raro. Un punto.

Borges lo describe como una pequeña esfera tornasolada de luz cegadora. Está al fondo de un sótano, cuando se llega al escalón número diecinueve.

¿Y estos chabones han venido a verlo?

Eso quieren, pero el aleph no existe.

Si quieren, tenemos que mostrárselo.

Enriqueta me reclamaba y tuve que salir. En el relato de Borges no se menciona la fachada de la casa de Beatriz Viterbo, pero la cicerone ya había decidido que era como la que veíamos, de piedra y granito, con una alta puerta de hierro negra y a la derecha un balcón, más otros dos balcones en el piso superior, uno amplio y curvo, que correspondía a mi cuarto, y otro exiguo, casi del tamaño de una ventana, que sin duda era el de los vecinos escandalosos. La abarrotada salita de que habla el cuento estaba al trasponer el zaguán y luego, en un extremo de lo que había sido el comedor y era ahora el vestíbulo de recepción, se abría el sótano, al que se descendía por diecinueve escalones empinados.

Cuando la casa fue convertida en pensión, el administrador había ordenado retirar la puerta trampa del sótano y colocar una baranda junto a los peldaños. Hizo construir también dos piezas con un bañito al medio, ensanchando el pozo que antes había usado Carlos Argentino Daneri como laboratorio fotográfico. Dos ventanas enrejadas al nivel de la calle permitían que entraran la luz y el aire. Desde 1970, el único que ocupa el sótano, dijo Enriqueta, es don Sesostris Bonorino, un empleado de la Biblioteca Municipal de Montserrat, que no tolera visitas. Tampoco se le conocen compañías. Hace años, tenía dos gatos bochincheros, altos y ágiles como mastines, que espantaban a las ratas. Una mañana de verano, al salir para sus labores, dejó las ventanas entreabiertas y algún mal nacido tiró en el sótano un filete de surubí empapado en veneno. Ya imaginan lo que el pobre hombre encontró al volver: los gatos estaban sobre un colchón de papeles, hinchados y tiesos. Desde entonces se entretiene escribiendo una Enciclopedia Patria que no puede terminar. El piso y las paredes están cubiertos por fichas y anotaciones, y vaya a saber cómo hace para ir al baño o acostarse, porque también hay fichas desparramadas en la cama. Desde que tengo memoria, nadie ha limpiado ese lugar.

¿Y él solo es el dueño del ale?, preguntó el Tucumano.

El aleph no tiene dueño, dije. No hay persona que lo haya visto.

Bonorino lo ha visto, me corrigió Enriqueta. A veces copia en las fichas lo que recuerda, aunque a mí me parece que se le trabucan las historias.

Grete y sus amigos insistieron en bajar al sótano y comprobar si el aleph irradiaba alguna aureola o señal. Más allá del tercer escalón, sin embargo, el acceso estaba bloqueado por las fichas de Bonorino. Una turista esquimal idéntica a Björk quedó tan frustrada que se retiró hacia el ómnibus sin querer ver nada más.

Las conversaciones en el vestíbulo, el relato de Grete y el breve paseo por las ruinas de la casa, en la que aún convivían fragmentos del viejo piso de parquet junto al cemento dominante y dos o tres molduras del artesonado original, que Enriqueta usaba ahora como adornos, más las interminables preguntas sobre el aleph, todo había tardado casi cuarenta minutos en vez de los diez previstos por el itinerario. La cicerone aguardaba con las manos en las caderas junto a la puerta de la pensión mientras el chofer del ómnibus incitaba a partir con bocinazos guarangos. El Tucumano me pidió que retuviera a Grete y le preguntara si el grupo estaba interesado en ver el aleph.

¿Cómo voy a decir eso?, protesté. No hay aleph. Y además, está Bonorino.

Vos hacés lo que te digo. Si quieren verlo, yo les armo la función esta noche a las diez. Van a ser quince pesos por cabeza, avisáles.

Me resigné a obedecer. Grete quiso saber si valía la pena y le contesté que no lo sabía. De todos modos, esa noche estaban ocupados, dijo. Los llevaban a oír tangos en Casa Blanca y después a la Vuelta de Rocha, una especie de bahía que se forma en el Riachuelo, casi en su desembocadura, donde esperaban que se presentara un cantor del que no les querían dar el nombre.

Será Martel, insinué.

Lo dije, aunque sabía que no era posible, porque Martel no respondía a otras leyes que las del mapa secreto que estaba dibujando. Quizá la Vuelta de Rocha estuviera en ese mapa, pensé. Quizá sólo eligiera los lugares donde ya había una historia, o donde estaba por suceder alguna. Mientras yo no lo oyera cantar, no podría averiguarlo.

Sólo quisiera recordar lo que nunca he visto, dijo Martel aquella misma tarde, según me lo contaría después Alcira Villar, la mujer que se había enamorado de él cuando lo oyó cantar en la librería El Rufián y que no lo abandonaría hasta la muerte. Para Martel, recordar equivalía a invocar, me dijo Alcira, a recuperar lo que el pasado ponía fuera de su alcance, tal como hacía con las letras de los tangos perdidos.

Sin ser una belleza, Alcira era increíblemente atractiva. Más de una vez, cuando nos reunimos a conversar en el café La Paz, advertí que los hombres se volvían a mirarla, tratando de fijar en la memoria la extrañeza de su cara, en la que sin embargo nada había de especial excepto un raro hechizo que obligaba a detenerse. Era alta, morena, con una espesa cabellera oscura, y ojos negros e inquisidores, como los de Sonia Braga en *El beso de la mujer araña*. Desde que la conocí envidié su voz, grave y segura de sí, y sus largos dedos finos, que se movían pausados, como si pidieran permiso. Nunca me atreví a preguntarle cómo pudo enamorarse de Martel, que era casi un inválido sin el menor encanto. Es asombrosa la cantidad de mujeres que prefieren una conversación inteligente a una musculatura sólida.

Además de seductora, Alcira era también sacrificada. Aunque trabajaba ocho a diez horas por día como investigadora *free lance* para editoriales de libros técnicos y revistas de actualidad, se daba tiempo para ser la enfermera devota de Martel, que se comportaba —ella misma me lo diría más tarde— de una manera errática, infantil, rogándole a veces que no se moviera de su lado, y otras veces, durante días enteros, sin prestarle atención, como si ella fuera una fatalidad.

Alcira había colaborado en la búsqueda de datos para los libros y folletos que se escribieron sobre el Palacio de Aguas de la avenida Córdoba, cuya construcción se completó en 1894. Pudo familiarizarse entonces con los detalles de la estructura barroca, imaginada por arquitectos belgas, noruegos e ingleses. El diseño exterior era de Olaf Boye —me explicó—, un amigo de Ibsen que se reunía todas las tardes con él a jugar al ajedrez en el Gran Café de Cristianía. Permanecían horas sin hablarse, y en los intervalos entre una y otra jugada, Boye completaba los arabescos de su ambicioso proyecto mientras Ibsen escribía *El constructor Solness.* En aquella época, las obras de ingeniería situadas en las zonas residenciales de las ciudades no se exhibían sin que las cubrieran conjuntos escultóricos que ocultaban la fealdad de las máquinas. Cuanto más complejo y utilitario era el interior, tanto más elaborado debía ser el exterior. A Boye le habían encomendado que revistiera los canales, tanques y sifones que debían abastecer de agua a Buenos Aires con mosaicos calcáreos, cariátides de hierro fundido, placas de mármol, coronas de terracota, puertas y ventanas labradas con tantos pliegues y esmaltes que cada uno de los detalles se volvía invisible en la selva de colores y formas que abrumaban la fachada. La función del edificio era cubrir de volutas lo que había dentro hasta que desapareciera, pero también la visión del afuera era tan inverosímil que los habitantes de la ciudad habían terminado por olvidar que aquel palacio, intacto durante más de un siglo, seguía existiendo.

Alcira condujo a Martel en silla de ruedas hasta la esquina de Córdoba y Ayacucho, desde donde podía ver cómo una de las mansardas, la del extremo suroeste, estaba levemente inclinada, sólo unos pocos centímetros, quizá por una distracción del arquitecto o porque el desvío de la calle producía esa ilusión de los sentidos. El cielo, que se había mantenido diáfano durante la mañana, viraba a las dos de la tarde hacia un gris plomizo. De las veredas se alzaba una niebla ligera, presagiando la garúa que iba a caer de un momento a otro, y era imposible saber —me dijo Alcira— si hacía frío o calor, porque la humedad creaba una tem-

70

peratura engañosa, que a veces resultaba sofocante y otras veces, pocos minutos más tarde, hería los huesos. Eso obligaba a los habitantes de Buenos Aires a vestirse no según lo que indicaran los termómetros sino de acuerdo a lo que las estaciones de radio y de televisión mencionaban a cada rato como "sensación térmica", que dependía de la presión del barómetro y las intenciones del viento.

Aun a riesgo de que la lluvia lo sorprendiera, Martel insistió en observar el palacio desde la vereda y allí se quedó absorto durante diez o quince minutos, volviéndose hacia Alcira de vez en cuando para preguntar: ¿Estás segura de que esta maravilla es sólo una cáscara para ocultar el agua? A lo que ella respondía: Ya no hay más agua. Sólo han quedado los tanques y los túneles del agua de otros tiempos.

Boye había modificado cientos de veces el proyecto, me contó Alcira, porque a medida que la capital crecía, el gobierno ordenaba construir tanques y piletas de mayor capacidad, lo que exigía estructuras metálicas más sólidas y cimientos más profundos. Cuanta más agua se distribuía, tanta mayor presión era necesaria, y para eso debía elevarse la altura de los tanques en una ciudad de perfecta lisura, cuyo único declive eran las barrancas del Río de la Plata. Más de una vez se le propuso a Boye que descuidara la armonía del estilo y se resignara a un palacio ecléctico, como tantos otros de Buenos Aires, pero el arquitecto exigió que se respetaran las rigurosas simetrías del Renacimiento francés previstas en los planos originales.

Los delegados del estudio Bateman, Parsons & Bateman, encargado de las obras, aún seguían tejiendo y desarmando los esqueletos de hierro de las cañerías, en desenfrenada carrera con la voraz expansión de la ciudad, cuando Boye decidió regresar a Cristianía. Desde la mesa que compartía con Ibsen en el Gran Café enviaba el dibujo de las piezas que compondrían la fachada a través de correos que tardaban una semana en llegar a Londres, donde eran aprobados, antes de seguir viaje a Buenos Aires. Como cada pieza estaba dibujada a escala 1: 1, es decir, a tamaño natural, y encajarla en un lugar equivocado podía ser desastroso para la simetría del conjunto, era preciso que el diseñador —cuyos bocetos sumaban más de dos mil— tuviera la exactitud de un ajedrecista que juega varias partidas simultáneas a ciegas. A Boye no sólo le preocupaba la belleza de los ornamentos, que representaban imágenes vegetales, escudos de las provincias argentinas y figuras de la zoología fantástica, sino también los materiales con los que cada uno debía ser fabricado y la calidad de los esmaltes. A veces era difícil seguir sus indicaciones, que estaban escritas en una letra menuda —y en inglés— al pie de los dibujos, porque el arquitecto se extendía en detalles sobre las vetas del mármol del Azul, la temperatura de cocción de las cerámicas y los cinceles con que debían cortarse las piezas de granito. Boye murió de un ataque al corazón en mitad de una partida de ajedrez, el 10 de octubre de 1892, cuando aún no había completado los dibujos de la mansarda suroeste. El estudio Bateman, Parsons & Bateman encargó a uno de sus técnicos que se hiciera cargo de los últimos detalles, pero un defecto en el granito que servía de base a la torre suroeste, sumado a la rotura de las últimas ochenta y seis piezas de terracota mientras las trasladaban desde

Inglaterra, trastornó la buena marcha de las obras y produjo la casi imperceptible desviación de la simetría que Martel advirtió la tarde de su visita.

En el piso alto del palacio, sobre la calle Riobamba, la empresa de Aguas tiene un pequeño museo que exhibe algunos de los dibujos de Boye, así como los eyectores originales de cloro, las válvulas, tramos de cañerías, artefactos sanitarios de fines del siglo XIX y maquetas de los proyectos edilicios que, sin éxito, trataron de convertir el palacio de Bateman y Boye en algo útil a Buenos Aires pero a la vez infiel a su perdida grandeza. Como Martel tenía interés en observar hasta las menores huellas de aquel pasado antes de internarse en las monstruosas galerías y tanques que ocupaban casi todo el interior del edificio, Alcira empujó la silla de ruedas por la rampa que desembocaba en el salón de entrada, donde los usuarios seguían pagando sus cuentas de agua ante una hilera de ventanillas, al final de las cuales estaba el acceso al museo.

Martel quedó deslumbrado por las lozas casi translúcidas de los inodoros y de los bidets que se exponían en dos salas contiguas, y por los esmaltes de las molduras y planchas de terracota que se exponían sobre pedestales de fieltro, tan luminosos como el día en que habían salido de los hornos. Algunos dibujos de Boye estaban enmarcados, y otros se conservaban en rollos. En dos de éstos había notas tomadas por Ibsen para el drama que estaba escribiendo. Alcira había copiado una frase, *De tok av forbindingene uken etter*, que tal vez quisiera decir "Le quitaron las vendas a la semana", e inscripciones de ajedrez indicando el momento en que las partidas se interrumpían. A cada explicación de su

73

acompañante, Martel respondía con la misma frase: "¡Mirá vos qué grande! ¡La propia mano que escribió *Casa de muñecas!*"

No era posible subir a las galerías interiores en silla de ruedas, ni menos circular por los estrechos pasadizos que daban al gran patio interior, cercado por ciento ochenta columnas de fundición. Ninguno de esos obstáculos arredró al cantor, que parecía poseído por una idea fija. "Tengo que llegar, Alcirita", decía. Quizá lo animaba la idea de que los centenares de obreros que trabajaron dieciséis horas diarias en la construcción del palacio, sin descansos dominicales ni treguas para comer, silbaban o tarareaban en los andamios los primeros tangos de la ciudad, los verdaderos, y luego los llevaban a los prostíbulos y a los conventillos donde pernoctaban, porque no conocían otra idea de la felicidad que aquella música entrecortada. O acaso, como pensaba Alcira, lo movía la curiosidad por observar el pequeño tanque de la esquina suroeste, coronado por la claraboya de la mansarda, que tanto podía servir para almacenar agua en tiempos de sequía extrema como para depositar los caños inservibles. Luego de estudiar los planos del palacio, el coronel Moori Koenig había elegido aquel cubículo para ocultar la momia de Evita Perón en 1955, luego de quitársela al embalsamador Pedro Ara, pero un impetuoso incendio en las casas vecinas se lo impidió cuando le faltaba poco para lograr su propósito. Allí también se había consumado, más de cien años antes, un crimen tan atroz que aún se hablaba de él en Buenos Aires, donde abundan los crímenes sin castigo.

Cada vez que Martel dejaba la silla de ruedas y decidía caminar apoyándose sobre muletas, corría peligro de que se le desgarrara un músculo y padeciera otro de sus dolorosos derrames internos. Esa tarde, sin embargo, como era imperioso subir las sinuosas escaleras de hierro para alcanzar los tanques más altos, se armó de paciencia y fue izando de peldaño en peldaño el peso de su cuerpo, mientras Alcira, detrás de él, llevando las muletas, rezaba para que no se le cayera encima. Descansaba cada tanto y, luego de algunas inspiraciones profundas, acometía los escalones siguientes, con las venas del cuello hinchadas y el pecho de paloma a punto de estallarle bajo la camisa. Aun cuando Alcira trató de disuadirlo una y otra vez, pensando en que el tormento se repetiría al bajar, el cantor seguía su camino como poseído. Cuando llegó a la cima, casi perdido el aliento, se derrumbó sobre uno de los salientes del hierro y permaneció unos minutos con los ojos cerrados hasta que la sangre le volvió al cuerpo. Pero al abrirlos el asombro lo dejó de nuevo sin respiración. Lo que vio superaba las escenografías oníricas de *Metrópolis*. Gargantas de cerámica, dinteles, persianas diminutas, válvulas, todo el recinto daba la impresión de ser el nido de un animal monstruoso. El agua había desaparecido hacía mucho tiempo de los doce tanques distribuidos en tres niveles, pero el recuerdo del agua todavía estaba allí, con sus silenciosas metamorfosis al entrar en los caños de bombeo y los peligrosos oleajes que la desfiguraban al menor embate de los vientos. Sobre todo los tanques de reserva, situados dentro de las cuatro mansardas, podían caer cuando arreciaban las sudestadas, quebrando el sutil equilibrio de los pilares, las chapas horizontales y las válvulas.

El agua rosada del río iba transfigurándose en su paso de un canal a otro, desprendiéndose en las esclusas de las orinas, los sémenes, los chismes de la ciudad y el frenesí de los pájaros, purificándose de su pasado de agua salvaje, de sus venenos de vida, y regresando a la transparencia de su origen hasta enclaustrarse en aquellos tanques atravesados por serpentinas y vigas, pero despierta, aun en el recuerdo, siempre despierta, porque era la única, el agua, que sabía orientarse en los entresijos de aquel laberinto.

El patio central, que Boye pensó destinar a baños públicos pero que la adiposidad de la construcción había reducido a un cuadrado de trescientos metros de superficie, estaba cubierto por mosaicos calcáreos cuyos extravagantes diseños imitaban obsesivamente la geometría de los caleidoscopios. A esa hora de la tarde en que la luz de las claraboyas caía de lleno, se elevaban del piso vapores de color aún más vivo que los del arco iris, formando arcos y reverberos que se desbarataban cuando hasta el sonido más tenue estremecía la caverna. Martel se acercó a una de las barandas que separaban los tanques del abismo y entonó *Aaaaaaa.* Los colores se agitaron enloquecidos, y el eco de los metales dormidos repitió infinitas veces la vocal: *aaaaaaaa.*

Después, su cuerpo se irguió hasta alcanzar una estatura que parecía la de otro ser, gallardo y elástico. Alcira creyó que algún milagro le había devuelto la salud. El pelo, que Martel siempre peinaba a la gomina, aplastándolo y alisándolo para que se pareciera al de su ídolo Carlos Gardel, se le alzaba entonces rebelde y ensortijado. Tenía la cara transfigurada por una expresión atónita que reflejaba a la vez beatitud y salvajismo, como si el palacio lo hubiera hechizado.

Le oí cantar entonces una canción de otro mundo —me contó Alcira—, con una voz que parecía contener miles de otras voces dolientes. Debía de ser un tango anterior al diluvio de Noé, porque lo expresaba con un lenguaje aún menos comprensible que el de sus obras de repertorio; eran más bien chispas fonéticas, sonidos al voleo en los que se podían discernir sentimientos como la pena, el abandono, el lamento por la felicidad perdida, la añoranza del hogar, a los que sólo la voz de Martel les daba algún sentido. ¿Qué quieren decir *brenai, ayaúú, panísola*, porque era más o menos eso lo que cantaba? Sentí que sobre aquella música caía no un solo pasado sino todos los que la ciudad había conocido desde los tiempos más remotos, cuando era sólo un pajonal inútil.

La canción duró dos a tres minutos. Martel estaba exhausto cuando la terminó, y a duras penas alcanzó a sentarse en la saliente de hierro. Algo sutil se había modificado en el recinto. Los inmensos tanques seguían reflejando, ya muy apagadas, las últimas ondas de la voz, y la luz de las claraboyas, al rozar los húmedos mosaicos del patio, levantaba figuras de humo que nunca se repetían. No eran esas variaciones las que llamaron la atención de Alcira, sin embargo, sino un inesperado despertar de los objetos. ¿Estaría girando la manivela de alguna válvula? ¿Sería posible que la rutina del agua, interrumpida desde 1915, estuviera desperezándose en las esclusas? Esas cosas jamás suceden, se dijo. Sin embargo, la puerta del tanque de la esquina suroeste, sellada por la herrumbre de los goznes, estaba ahora entreabierta y una claridad lechosa marcaba la hendidura. El cantor se levantó, empujado por otro flujo de energía, y avanzó hacia el lugar. Fingí que me apoyaba en él para que él se apoyara en mí, me contó Alcira meses más tarde. Fui yo quien abrió la puerta por completo, dijo. Un poderoso vaho de muerte y de humedad me dejó sin aliento. Algo había en el tanque, pero no vimos nada. Por fuera, lo tapaba una mansarda de escenografía, con dos claraboyas que dejaban entrar el sol de las tres de la tarde. Del piso, lustroso como si nadie lo hubiera tocado jamás, se alzaba la misma niebla que habíamos visto en otras partes del palacio. Pero el silencio era allí más denso: tan absoluto que casi se podía tocar. Ni Martel ni yo nos atrevimos a hablar, aunque ambos pensábamos entonces lo que al salir del palacio nos dijimos de viva voz: que la puerta del tanque había sido abierta por el fantasma de la adolescente atormentada un siglo antes en ese agujero.

La desaparición de Felicitas Alcántara sucedió el último mediodía de 1899. Acababa de cumplir catorce años y su belleza era famosa desde antes de la adolescencia. Alta, de modales perezosos, tenía unos ojos tornasolados y atónitos, que envenenaban al instante con un amor inevitable. La habían pedido muchas veces en matrimonio, pero sus padres consideraban que era digna sólo de un príncipe. A fines del siglo XIX no llegaban príncipes a Buenos Aires. Faltaban aún veinticinco años para que aparecieran Umberto de Saboya, Eduardo de Windsor y el maharajá de Kapurtala. Los Alcántara vivían, por lo tanto, en una voluntaria reclusión. Su residencia borbónica, situada en San Isidro, a orillas del Río de la Plata, estaba ornada, como el Palacio de Aguas, por cuatro torres revestidas de pizarra y carey. Eran tan ostentosas que en los días claros se las podía distinguir desde las costas del Uruguay.

El 31 de diciembre, poco después de la una de la tarde, Felicitas y sus cuatro hermanas menores se refrescaban en las aguas amarillas del río. Las institutrices de la familia las vigilaban en francés. Eran demasiadas y no conocían las costumbres del país. Para entretenerse, escribían cartas a sus familias o se contaban infortunios de amor mientras las niñas desaparecían de la vista, en los juncales de la playa. Desde los fogones de la casa llegaba el olor de los lechones y pavos que estaban asándose para la comida de medianoche. En el cielo sin nubes volaban los pájaros en ráfagas desordenadas, acometiéndose a picotazos. Una de las institutrices comentó como al pasar que, en el pueblo gascón de donde provenía, no había presagio peor que la ira de los pájaros.

A la una y media, las niñas debían recogerse para dormir la siesta. Cuando las llamaron, Felicitas no apareció. Se avistaban algunos veleros en el horizonte y bandadas de mariposas sobre las aguas tiesas y calcinadas. Durante largo rato las institutrices buscaron en vano. No temían que se hubiera ahogado, porque era una nadadora resistente que conocía a la perfección las tretas del río. Pasaron botes con frutas y hortalizas que volvían de los mercados y, desde la orilla, las desesperadas mujeres les preguntaron a gritos si habían visto a una joven distraída internándose aguas adentro. Nadie les hizo caso. Todos estaban celebrando el Año Nuevo desde temprano y remaban borrachos. Así pasaron tres cuartos de hora.

Esa pérdida de tiempo fue fatal, porque Felicitas no apareció aquel día ni los siguientes, y los padres siempre creyeron que, si les hubieran avisado en seguida, habrían encontrado algún rastro. No bien amaneció el 1º de enero del año 1900, varias patrullas de policía peinaron la región desde las islas del Tigre a las barrancas de Belgrano, enturbiando la paz del verano. La búsqueda fue comandada por el feroz coronel y comisario Ramón L. Falcón, que se volvería célebre en 1909 al dispersar en la plaza Lorea una manifestación de protesta contra los fraudes electorales. En la refriega murieron ocho personas y otras diecisiete quedaron heridas de gravedad. Seis meses más tarde, el joven anarquista ruso Simón Radowitzky, que había salido ileso por milagro, se vengó del comisario aniquilándolo con una bomba lanzada al paso de su carruaje. Radowitzky purgó su crimen durante veintiún años en la prisión de Ushuahia. A Falcón lo inmortaliza hoy un monumento de mármol a dos cuadras del atentado.

El comisario era notable por su tenacidad y olfato. Ninguno de los casos que se le encomendaron había quedado sin resolver, hasta la desaparición de Felicitas Alcántara. Cuando no disponía de culpables los inventaba. Pero en esta ocasión carecía de sospechosos, de cadáver y hasta de un delito explicable. Sólo existía un móvil clarísimo que nadie se atrevía a mencionar: la turbadora belleza de la víctima. Algunos lancheros creían haber visto, la tarde de fin de año, a un hombre mayor, fornido, de orejas grandes y bigotes de manubrio, que escrutaba la playa con catalejos desde un bote de remos. Uno de ellos dijo que el curioso tenía dos enormes verrugas junto a la nariz, pero nadie concedió importancia a esas identificaciones, porque coincidían con los rasgos del propio coronel Falcón.

Buenos Aires era entonces una ciudad tan espléndida que Julet Huret, el corresponsal de *Le Figaro*, escribió al desembarcar que le recordaba a Londres por sus estrechas calles rebosantes de bancos, a Viena por sus carruajes de dos caballos, a París por sus aceras espaciosas y sus cafés con terrazas. Las avenidas del centro estaban iluminadas con lámparas incandescentes que solían explotar al paso de los transeúntes. Se excavaban túneles para los trenes urbanos. Dos líneas de tranvías eléctricos circulaban desde la calle del Ministro Inglés hasta los Portones de Palermo y desde Plaza de Mayo a Retiro. Esos estrépitos afectaban los cimientos de algunas casas y hacían pensar a los vecinos en la inminencia del fin del mundo. La capital abría a los visitantes ilustres la puerta de sus palacios. El más alabado era el de Aguas, pese a que, según el poeta Rubén Darío, copiaba la imaginación enferma de Luis II de Baviera. Hasta 1903, el palacio carecía de vigilantes. Como el único tesoro del lugar eran las galerías de agua y no había peligro de que alguien las robara, el gobierno consideraba inútiles los gastos de seguridad. Fue preciso que desaparecieran algunos adornos de terracota importados de Inglaterra para que se contratara un servicio de guardianes.

El agua de Buenos Aires era extraída por unos grandes sifones que estaban frente al barrio de Belgrano, a dos kilómetros de la costa, y llevada a través de túneles subfluviales hasta los depósitos de Palermo, donde se filtraban las heces y se añadían sales y cloro. Tras la purificación, una red de cañerías la impulsaba hacia el palacio de la avenida Córdoba. El comisario Falcón mandó vaciar las cañerías y sondearlas en busca de indicios, por lo que las zonas más desvalidas de la ciudad quedaron sin agua en aquel tórrido febrero del año 1900.

Pasaron meses sin noticias de Felicitas. A mediados de 1901 aparecieron frente al portal de los Alcántara panfletos con mensajes insidiosos sobre el destino de la víctima. Ninguno aportaba la menor pista. *La Felicidad era virgen. Ya no,* decía uno. Y otro, más perverso: *Montársela a Felicitas cuesta un peso en el quilombo de Junín al 2300.* Esa dirección no existía.

El cuerpo de la adolescente fue descubierto una mañana de abril de 1901, cuando el sereno del palacio de Aguas se presentó a limpiar la vivienda asignada para su familia en el ala suroeste del palacio. La niña estaba cubierta por una ligera túnica de hierbas del río y tenía la boca llena de guijarros redondos que, al caer al suelo, se convirtieron en polvo. Contra lo que habían especulado las autoridades, seguía tan inmaculada como el día en que vino al mundo. Sus ojos bellísimos estaban congelados en una expresión de asombro, y la única señal de maltrato era un oscuro surco alrededor del cuello dejado por la cuerda de guitarra que había servido para estrangularla. Junto al cadáver estaban los restos de la fogata que debió encender el asesino y un pañuelo de hilo finísimo y color ya indefinido, en el que aún se podían leer las iniciales RLF. La noticia alteró profundamente al comisario Falcón, porque aquellas iniciales eran las suyas y se daba por seguro que el pañuelo pertenecía al culpable. Hasta el fin de sus días sostuvo que el secuestro y la muerte de Felicitas Alcántara eran una venganza contra él, e imaginó la hipótesis imposible de que la niña había sido llevada en bote hasta el depósito de Palermo, ahorcada allí mismo y arrastrada por las cañerías hasta el palacio de la calle Córdoba. Falcón jamás arriesgó una palabra sobre los móviles del crimen, tanto más indescifrables desde que el sexo y el dinero quedaron descartados.

Poco después del hallazgo del cuerpo de Felicitas, los Alcántara vendieron sus posesiones y se expatriaron a Francia. Los vigilantes del Palacio de Aguas se negaron a ocupar la vivienda del rectángulo suroeste y prefirieron la casa de chapas que el gobierno les ofreció a orillas del Riachuelo, en uno de los rincones más insalubres de la ciudad. A fines de 1915, el presidente de la República en persona ordenó que las habitaciones malditas fueran clausuradas, lacradas y borradas de los inventarios municipales, por lo que en todos los planos del palacio posteriores a esa fecha aparece un vacío desparejo, que sigue atribuyéndose a un defecto de construcción. En la Argentina existe la costumbre, ya secular, de suprimir de la historia todos los hechos que contradicen las ideas oficiales sobre la grandeza del país. No hay héroes impuros ni guerras perdidas. Los libros canónicos del siglo XIX se enorgullecen de que los negros hayan desaparecido de Buenos Aires, sin tomar en cuenta que aun en los registros de 1840 una cuarta parte de la población se declaraba negra o mulata. Con intención similar, Borges escribió en 1972 que la gente se acordaba de Evita sólo porque los diarios cometían la estupidez de seguir nombrándola. Es comprensible, entonces, que si bien la esquina suroeste del

Palacio de Aguas se podía ver desde la calle, la gente dijera que ese lugar no existía.

El relato de Alcira me hizo pensar que Evita y la niña Alcántara convocaron las mismas resistencias, una por su belleza, la otra por su poder. En la niña, la belleza era intolerable porque le daba poder; en Evita, el poder era intolerable porque le daba conocimiento. La existencia de ambas fue tan excesiva que, como los hechos inconvenientes de la historia, se quedaron sin un lugar verdadero. Sólo en las novelas pudieron encontrar el lugar que les correspondía, como les ha sucedido siempre en la Argentina a las personas que tienen la arrogancia de existir demasiado.

TRES

Noviembre 2001

La pensión era silenciosa de día y ruidosa de noche, cuando los inquilinos de la pieza contigua se enzarzaban en sus peleas interminables y la chiquillería lloraba. Me resigné, por lo tanto, a escribir mi disertación en otra parte. Todos los días, desde la una a las seis de la madrugada, ocupaba una mesa del café Británico, frente al parque Lezama. Estaba a pocos pasos de mi alborotada vivienda y no cerraba jamás. A través de las ventanas fileteadas me entretenía a veces contemplando las sombras de los jardines en ruinas y los bancos ahora ocupados por familias sin techo. En uno de esos bancos, la primavera de 1944, Borges había besado por primera vez a Estela Canto después de haberle mandado, el día antes, una encendida carta de amor: *I am in Buenos Aires, I shall see you tonight, I shall see you tomorrow, I know we shall be happy together (happy and drifting and sometimes speechless and most gloriously silly)*, avergonzado sin embargo de su ardor incontrolable, "Estoy en Buenos Aires, te veré esta noche, te veré mañana, sé que seremos felices juntos (felices, dejándonos llevar, a veces sin habla y muy gloriosamente idiotas)". Borges tenía entonces cuarenta y cinco años, pero sus sentimientos se expresaban con terror y torpeza. Aquella noche había besado a Estela en uno de los bancos y luego había vuelto a besarla y abrazarla en el anfiteatro que daba a la calle Brasil, frente a las cúpulas de la Iglesia Ortodoxa Rusa.

Hugo Wast, novelista de catolicismo furibundo, que acababa de ser nombrado ministro de Justicia, decidió censurar todo lo que el Vaticano consideraba inmoral —la idea de sexo, en primer lugar—, porque allí creía ver el origen de la decadencia argentina. Se encarnizó con los tangos, cuyos versos obscenos ordenó cambiar por otros más píos, y lanzó a los policías de Buenos Aires a cazar las parejas que se acariciaban en la calle.

Borges y Estela fueron una presa fácil. En el anfiteatro solitario, a la luz de la luna, sus siluetas abrazadas eran un llamativo reflector. Un vigilante de la comisaría 14 surgió de repente ante ellos, "como caído del cielo", contaría después Estela, y les pidió los documentos de identidad. Ambos los habían olvidado. Los arrestaron y los sentaron en un patio, junto a otros vagabundos, hasta las tres de la madrugada.

Conocí la historia por Sesostris Bonorino, quien estaba al tanto de algunos detalles nimios. Sólo después imaginé de dónde los había sacado. Sabía que aquella noche Estela llevaba en su cartera un paquete de cigarrillos Condal y que había fumado dos de los nueve que le quedaban; podía describir el contenido de los bolsillos del saco de Borges, que ocultaban un lápiz, dos caramelos, varios billetes color herrumbre de un peso, y un papel en el que había copiado un verso de Yeats: *I'm looking for the face I had / Before the world was made* ("Busco la cara que tuve / antes de que el mundo existiera").

Una noche, cuando salía hacia el café Británico, oí que me chistaban desde el sótano. Bonorino estaba de rodillas en el cuarto o quinto peldaño de la escalera, pegando fichas en la baranda. Era achaparrado y calvo como una cebolla, carecía de cuello y tenía los hombros tan alzados que era difícil discernir si llevaba una mochila o lo deformaba una giba. Poco tiempo antes, al verlo a la luz del día, me había impresionado también su amarillez casi traslúcida. Parecía afable, y a mí me trataba con deferencia, quizá porque estaba de paso y porque compartía su pasión por los libros. Quería que le prestara por unas horas *Through the Labyrinth*, el pesado volumen editado por Prestel que llevaba en mi equipaje.

No necesito leerlo, porque ya sé todo que dice, se jactó. Sólo quiero estudiar las figuras.

Me dejó desconcertado y por algunos segundos no pude contestar. Nadie en la pensión había visto el libro de Prestel, que seguía intocado en mi valija. También me parecía improbable que lo hubiera leído, porque lo habían publicado menos de un año atrás en Londres y Nueva York. Además, pronunciaba *Through* con la fonética del castellano. Me pregunté si Enriqueta, cuando limpiaba el cuarto, escrutaría también mis intimidades.

Me alegra tener un vecino que sepa hablar inglés, le dije, en inglés. Por su expresión indiferente, advertí que no había entendido una palabra.

Estoy preparando una enciclopedia patria, respondió. Si no le importa, quisiera que un día me explique algunos métodos anglosajones de trabajo. Me han hablado mucho del Oxford y del Webster, pero no estoy capacitado para leerlos. Sé más cosas de las que un hombre normal sabe a mi edad, pero lo que he aprendido es lo que nadie enseña.

Para qué le sirve el libro de Prestel, entonces. Los laberintos que aparecen ahí están hechos para confundir, no para aclarar.

Yo no estaría tan seguro. Para mí, son un camino que no permite retroceder, o una manera de moverse sin abandonar el mismo punto. Al ver la imagen de un laberinto creemos, por error, que su forma está dada por las líneas que lo dibujan. Es al revés: la forma está en los espacios blancos entre esas líneas. ¿Me prestará el vademécum?

Por supuesto, le dije. Se lo voy a traer mañana.

Habría regresado a mi pieza para buscarlo, pero tenía una cita con el Tucumano en el Británico a la una de la mañana y ya estaba llegando tarde. Desde que habíamos conocido a los escandinavos, mi amigo estaba obsesionado con armar en el sótano una exhibición del aleph para los turistas y necesitaba anular o asociar a Bonorino. La empresa me parecía delirante, pero fui yo mismo quien al final descubrió la solución. El bibliotecario era un maniático del orden, y advertiría cualquier trasiego de las fichas. A partir del quinto peldaño, los cuadraditos de cartulina, de tamaños y colores desiguales, formaban una telaraña cuyo dibujo sólo él conocía. Si alguien las rozaba con el pie al bajar, Bonorino pondría el grito en el cielo y saldría corriendo en busca de la policía. El Tucumano había tratado de acercarse varias veces al sótano, sin éxito. Yo, en cambio, había conseguido interesar al viejo mostrándole una antología que llevaba conmigo, *Índice de la nueva poesía americana*, en la que aparecían tres poemas de Borges que sólo se pueden leer ahí: "La guitarra", "A la calle Serrano", "Atardecer", y la primera versión de *"Dulcia linquimus arva"*. Imaginé que un erudito como Bonorino no podría resistir la curiosidad de ver cómo Borges iba desprendiéndose de impurezas retóricas al pasar de un borrador a otro.

Esperé al Tucumano en el salón reservado del café. Me gustaba adivinar desde allí la silueta de las palmeras y de las tipas en el parque Lezama, e imaginar los grandes jarrones de mampostería en la avenida del centro, sobre pedestales de yeso en los que la diosa de la fertilidad estaba tallada en bajorrelieves idénticos. A la madrugada, el sitio era hostil y nadie se atrevía a cruzarlo. A mí me bastaba saber que estaba al otro lado de la calle. En aquel parque había nacido Buenos Aires y desde sus barrancas se había extendido por los campos chatos, desafiando la ferocidad de las sudestadas y el barro voraz del río. Por las noches, la humedad se hacía sentir allí más que en otras partes, y la gente se asfixiaba en el verano y se helaba los huesos en el invierno. El Británico, sin embargo, se las arreglaba para que no se notara.

A mediados de octubre hubo buen tiempo, y perdí muchas horas de trabajo oyendo al mozo evocar las épocas de patriotismo frenético, durante la guerra de las Malvinas, cuando el café tuvo que llamarse Tánico, y enumerar las veces que Borges había pasado por allí para beber un jerez, y Ernesto Sabato se había sentado a la mesa que yo mismo ocupaba en ese momento para escribir las primeras páginas de su novela *Sobre héroes y tumbas*. Sabía que los relatos del mozo eran mitologías para extranjeros, y que Sabato no tenía por qué ir a escribir tan lejos cuando disponía de un estudio cómodo en Santos Lugares, fuera de los límites de la ciudad, con una biblioteca caudalosa a la que podía acudir cuando necesitaba inspiración. Por las dudas, nunca volví a esa mesa.

El Tucumano llegó con media hora de retraso. Yo iba a todas partes con mi ejemplar del *Índice* —por el que cualquier anticuario habría pagado quinientos dólares en aquel momento— y un par de libros de teoría poscolonial, con los que me proponía analizar el concepto de nación a través de los tangos mencionados por Borges. Durante las primeras horas de la madrugada, sin embargo, mi atención volaba hacia cualquier cosa, ya fueran los porrones de Quilmes Cristal o las ginebras dobles que pedían los clientes, o el ataque al flanco del rey de las piezas negras en el tablero de ajedrez donde se batían dos viejos solitarios. Salí de mi abstracción cuando el Tucumano me puso ante los ojos una esfera de utilería, del tamaño de una pelota de ping-pong, como las que adornan los árboles de Navidad. La superficie estaba compuesta por espejitos, algunos coloreados, y destellaba al reflejar la luz de las lámparas.

Más o menos así es el ale, ¿no?, dijo, pavoneándose.

Quizá fuera un buen señuelo para los incautos. Ciertos detalles se ajustaban a la narración de Borges: era una esfera tornasolada, diminuta, pero su fulgor no resultaba intolerable.

Más o menos, respondí. Los turistas tragamos cualquier cantina.

Yo trataba de jugar con el léxico subterráneo de Buenos Aires, pero lo que al Tucumano se le daba con naturalidad a mí me confundía. A veces, en las reflexiones que escribía para mi tesis, se me escapaban algunas de esas palabras fugaces. Las suprimía apenas me daba cuenta, porque al volver a Manhattan ya las habría olvidado. La lengua de Buenos Aires se desplazaba tan rápido que primero aparecían las palabras y después llegaba la realidad, y las palabras seguían cuando la realidad ya se había marchado.

Según el Tucumano, un electricista podía iluminar por dentro la esfera o, mejor aún, dirigir hacia ella un rayo de luz halógena que le diera cierta apariencia espectral. Yo le sugerí que, para acentuar el efecto dramático, pasara el casete en el que Borges, con su voz vacilante, enumera lo que se ve en el aleph. La idea lo entusiasmó:

¿Ves, fierita? Si no fuera por don Sexostrix, agarraríamos una buena teca y romperíamos Buenos Aires.

No podía acostumbrarme a que me llamara fierita, pantera, titán. Prefería los epítetos más tiernos que se le escapaban cuando estábamos a solas. Sucedía muy pocas veces, sólo cuando yo se lo rogaba o lo llenaba de regalos. Casi toda nuestra intimidad se perdía discutiendo las estrategias para explotar el falso aleph que el Tucumano, no sé por qué, veía como un negocio redondo.

La noche siguiente me acerqué al sótano con el volumen de Prestel en la mano. De pie junto a la baranda, Bonorino tomaba notas en un cuaderno enorme, de los que solían usarse para contabilidad. Lo vi copiar también algunas frases en las fichas de colores, que estaban apiladas sobre el segundo y tercer escalón: las verdes rectangulares a la izquierda, las amarillas romboidales al medio, las rojas cuadradas a la derecha. "Tengo en la mente", me dijo, "el recorrido del tranvía Lacroze desde Constitución a Cabildo, en 1930. Los vehículos salían de la estación y se adentraban luego entre las casas soñolientas del sur, por las calles Santiago del Estero, y Pozos, y Entre Ríos. Sólo al llegar al barrio de Almagro se desviaban hacia el norte, sembrado entonces de quintas y baldíos. Era otra ciudad, yo la he visto."

Seguí admirado aquel despliegue de erudición topográfica, mientras Bonorino, lápiz en mano, escribía febrilmente el itinerario. Me habría gustado verificar si todo lo que decía era cierto. Anoté los datos en un libro de John King que llevaba conmigo: "Lacroze, línea 4. Bonor. dice que los tranvías eran blancos cruzados por una franja verde". El bibliotecario volcaba lo que sabía en las fichas, pero nunca pude averiguar cuál era su criterio de clasificación, qué datos correspondían a tal o cual color.

Durante algunos minutos, con el Prestel abierto, le hablé de los intrincados mandalas que se dibujaban en los pisos de las catedrales francesas: Amiens, Mirepoix y sobre todo Chartres. Me respondió que más apasionantes eran los que teníamos delante de nosotros y dejábamos pasar sin ver. Como el diálogo se extendió más de lo que yo pensaba, tuve la providencial ocurrencia de invitarlo a tomar una taza de té en el Británico, aun sabiendo que jamás salía. Se rascó la

94

calva y me preguntó si me daba lo mismo tomarlo abajo, en su cocinilla.

Acepté al instante, aunque sentí una ráfaga de culpa por retrasar mis lecturas de aquella noche. Apenas llegué al tercer escalón del sótano, advertí que no se podía seguir bajando. Las fichas estaban desparramadas por todas partes, en un orden tan extraño que parecían vivas y capaces de movimientos imperceptibles. Por favor, espere a que apague la luz, me dijo Bonorino. Aunque la única lámpara que alumbraba el hueco era de veinticinco vatios, atenuados para colmo por cagadas de moscas, bastaba la ausencia de esa luz para que las escaleras desaparecieran. Sentí que una mano sin huesos me tomaba del codo, arrastrándome hacia abajo. Digo que me arrastraba y me equivoco, porque en verdad floté, ingrávido, mientras oía a mi alrededor un chisporroteo que debía ser el de las fichas apartándose de mí.

La vivienda del bibliotecario era miserable. Como las ventanas que daban al ras de la calle estaban perpetuamente cerradas desde el episodio de los gatos, casi no se podía respirar. Estoy seguro de que, si alguien trataba de encender un fósforo, se habría apagado en el acto. Vi un estante con diez o doce libros, entre los que distinguí el diccionario de sinónimos de Sopena y una biografía de Yrigoyen por Manuel Gálvez. Las paredes estaban cubiertas de arriba abajo por papeles grasientos, montados unos sobre otros como las hojas de un almanaque. Allí vislumbré dibujos que copiaban a la perfección las entrañas de un Stradivarius, o indicaban cómo se distribuye la energía de alto voltaje a partir de un núcleo de hierro, o repetían una máscara de los indios querandíes, o reproducían escrituras que jamás había visto ni imaginado. Me parecieron los fragmentos dispersos de un diccionario sin fin.

Observé el cubil con detenimiento mientras Bonorino se entretenía hojeando el pesado volumen de Prestel. Una y otra vez le oí decir, ante el dibujo de la ciudad de Jericó atrapada en un laberinto de murallas y ante el misterioso laberinto sueco de Ytterholmen, esta frase que nada significa: "Si quiero llegar al centro no debo apartarme del costado, si quiero caminar por el costado no puedo moverme del centro".

Además del encierro, el sótano estaba cubierto por películas de polvo que se alzaban a la menor provocación. En un extremo, bajo la ventana, vi un catre maltrecho con una frazada de color indiscernible. Algunas camisas estaban colgadas de clavos en los pocos sitios que las fichas no habían invadido; junto a la cama, dos cajones de fruta servían, quizá, de bancos o veladores. El bañito, sin puerta, constaba de un inodoro y de un lavatorio, en el que Bonorino debía abastecerse de agua porque la cocinilla, más estrecha que un armario, disponía sólo de una tabla y de un calentador a gas.

El lenguaje de Bonorino contradecía su ascetismo: era florido, elíptico y, sobre todo, esquivo. Nunca conseguí que respondiera de manera directa a las preguntas que le hice. Cuando quise saber cómo había llegado a la pensión, me dio un largo sermón sobre la pobreza. A duras penas discerní que el dueño anterior había sido un noble búlgaro, artrítico, al que Bonorino leía por las tardes las escasas novelas que conseguía en la biblioteca de Montserrat. Lo deduje de una miríada de frases entre las que recuerdo, porque lo anoté, "tuve que saltar de las felonías de monsieur Danglars a las de Caderousse y no me detuve hasta que el inspector Javert cayó al fango del Sena". Le pregunté si eso significaba que había leído de un tirón *El conde de Montecristo* y *Los miserables*, hazañas imposibles hasta para el adolescente insomne que yo había sido, y me respondió con otro acertijo: "Lo que es duro no perdura".

Mientras hablábamos, advertí que el piso, debajo del último peldaño de la escalera, estaba limpio y despejado, e imaginé que Bonorino se tendía allí a menudo, en posición decúbito dorsal, como impone el cuento de Borges. Desconté que era así como contemplaba el aleph y sentí, lo confieso, una envidia abyecta. Me parecía injusto que aquel bibliotecario Quasimodo se hubiera apropiado de un objeto al que todos teníamos derecho.

El té que bebimos estaba frío y a los quince minutos de conversación yo desfallecía de aburrimiento. Bonorino, en cambio, hablaba con entusiasmo, como todas las personas solitarias. Con paciencia, fui desgajando de su verba frondosa algunos datos que me interesaban. Así averigüé que jamás había pagado un centavo por la covacha y que, por lo tanto, resultaría fácil desalojarlo. Nadie le disputaba el sótano, porque era una celda insalubre que servía sólo como depósito de herramientas y bebidas. Pero si en ese lugar persistía el aleph, entonces era más valioso que el edificio, más que la manzana entera, y acaso tanto como Buenos Aires, ya que abarcaba todo lo que la ciudad era y lo que sería. Sin embargo, aunque mencioné una y otra vez el cuento de Borges, Bonorino soslayó el tema y prefirió ponderar las bellezas del pasaje Seaver, del que recordó la suave pendiente, las casas con techo de pizarra, las escaleras que ascendían a la calle Posadas. Me propuso que camináramos por allí alguna vez, y no me atreví a decirle que el pasaje había desaparecido décadas atrás, cuando la avenida 9 de Julio fue prolongada hasta los paredones de Retiro.

Llegué al café Británico a las dos y media de la mañana. Habría unas seis o siete mesas ocupadas, el doble de lo que era usual a esa hora. Vi a los habituales jugadores de ajedrez, a un par de actores que volvían del teatro y a un compositor fracasado de rock que templaba acordes sueltos en la guitarra. Advertí que todos ellos se movían con ansiedad, como los pájaros en vísperas de un temblor de tierra, pero ni yo ni nadie habría sabido en aquel momento decir por qué.

Esa noche avancé apenas en la escritura de mi tesis y, cuando me di cuenta de que todo salía mal, traté de leer algunos libros sobre cultura subalterna, pero ni siquiera podía concentrarme para tomar notas. La idea de quitar a Bonorino de en medio para que el Tucumano pudiera armar su exhibición del aleph no me dejaba en paz. Aunque yo hacía casi todo lo que el Tucumano me pedía, lo que de verdad ansiaba era tener el sótano para mí. En mis ráfagas de sensatez, me daba cuenta de que la existencia del aleph era ilusoria. Se trataba de una ficción de Borges, que sucedía en un edificio demolido más de medio siglo atrás. "Me estoy volviendo loco", dije, "me falta un jugador." Apartaba la idea a manotazos y ella regresaba a mí. Aun contra toda noción de realidad, yo creía que el aleph estaba debajo del último escalón del sótano y que, si me acostaba decúbito dorsal en el piso, podría verlo como lo veía Bonorino. Sin el aleph, el bibliotecario no habría podido dibujar con tanta exactitud el vientre de un Stradivarius ni reproducir el instante en que Borges se besó con Estela Canto en el parque Lezama. Era una esfera indestructible y fija en un punto único del universo. Si la pensión fuera alcanzada por un rayo o Buenos Aires desapareciera, el punto seguiría allí, quizás invisible para los que no supieran verlo pero no por eso menos real. Borges había sido capaz de olvidarlo. A mí me atormentaba incansablemente.

Mis días habían sido hasta entonces rutinarios y felices. Por las tardes me sentaba en los cafés y visitaba las librerías de viejo; en una de ellas conseguí una primera edición de *Elderly Italian Poets,* de Dante Gabriel Rossetti, por seis dólares, y el volumen de Samuel Johnson sobre Shakespeare publicado por Yale a un dólar cincuenta, porque las tapas estaban rotas. Desde antes de que yo llegara, la desocupación crecía sin freno y miles de personas estaban liquidando sus bienes y yéndose del país. Algunas bibliotecas centenarias se vendían por su peso en kilos, y a veces las compraban libreros de lance que no tenían idea de su valor.

Me gustaba también ir al café de El Gato Negro, en la calle Corrientes, donde me adormecían el olor del orégano y el del pimentón, o instalarme junto a la ventana de El Foro para ver pasar a los abogadillos y su cortejo de escribientes. Los sábados prefería la vereda soleada de La Biela, frente a la Recoleta, donde todas las frases felices que se me ocurrieron para la disertación fueron destrozadas por la intrusión de los mimos y por aterradores espectáculos de tango en el espacio que se abría ante la iglesia del Pilar.

A veces, hacia las diez de la noche, me dejaba caer por La Brigada, en San Telmo. Al frente había un mercado que cerraba tarde y era añejo como el siglo que habíamos dejado atrás. En los zaguanes de entrada estaban apostadas hileras de bolivianas con sus atavíos coloridos vendiendo bolsas de especias misteriosas que tendían sobre un paño. Dentro, en el dédalo de galerías, se codeaban los kioscos de juguetes y los escaparates de botones y puntillas, como en un zoco árabe. El núcleo de la manzana estaba repleto de medias reses que colgaban de sus ganchos junto a parvas de riñones, tripas y morcillas. En ningún otro lugar del mundo las cosas han conservado tanto el sabor que tenían en el pasado como en esta Buenos Aires que, sin embargo, ya no era casi nada de lo que había sido.

Siempre es difícil encontrar un lugar vacío en La Brigada. Para demostrar que la carne es tierna, los mozos la cortan con el canto de las cucharas, y vale la pena cerrar los ojos cuando el primer bocado roza la lengua, porque así la felicidad hiende la memoria y se queda en ella. Cuando no quería cenar solo, me acercaba a las mesas de los directores de cine y actores y poetas que se reunían allí, y les pedía que me permitieran acompañarlos. Ya había aprendido cuándo era oportuno hacerlo y cuándo no.

En noviembre empezó el calor. Hasta los chiquilines que andaban de un lado a otro con carretillas cargadas de cartones viejos, para venderlos luego a diez centavos el kilo, se sacaban las penas del alma y silbaban unas músicas tan buenas que uno podía reclinar la cabeza en ellas: los pobres chicos metían la mano en el bolsillo y lo único que encontraban era el buen tiempo, que les bastaba para olvidar por un momento la bestial cama donde no dormirían esa noche. Cuando llegué a La Brigada vi a un par de galancitos de televisión en una mesa junto a la ventana. Valeria estaba con ellos y, por los dibujos que trazaba sobre una hoja de papel, me pareció que les explicaba los pasos del tango. No había vuelto a encontrarla desde la noche de mi llegada, pero su cara era inolvidable porque me recordaba a mi abuela materna. Me saludó con entusiasmo. Noté que se aburría y esperaba que algo o alguien la rescatara.

Estos dos chabones tienen que bailar mañana en una película y ni siquiera saben distinguir una ranchera de una milonga, me dijo. Ambos asintieron, como si no la hubieran oído.

Llévalos a La Estrella o La Viruta o como ese lugar se llame esta noche, contesté. Me volví hacia los galanes y les dije: Valeria es la mejor. Vi cómo le enseñaba a un japonés de piernas arqueadas. A las tres de la mañana bailaba como Fred Astaire.

Ella es mucho mayor que nosotros, advirtió uno, tontamente. Las mujeres mayores no me calientan, y así no puedo aprender.

Mayores o jóvenes, todos somos de mismo tamaño en la cama, dije, copiando a Somerset Maugham o tal vez a Hemingway.

La conversación languideció y durante algunos minutos Valeria trató de mantenerla viva hablando de *La ciénaga*, una película argentina que le recordaba las histerias y negligencias de su propia familia, y que por eso mismo seguía perturbándola. Los galancitos, en cambio, se habían retirado antes de que terminara: Graciela Borges actúa como una diosa, pero no pudimos aguantar que en cada escena hubiera tantos perros, dijeron. Ladraban todo el tiempo, y hasta el cine olía a cagada de perro. Preferían *El hijo de la novia*, con la que habían llorado a mares. Yo no estaba al día con las últimas películas y no pude intervenir. Me gustaban las obras maceradas por el tiempo. Tanto en Manhattan como en Buenos Aires frecuentaba las salas de arte y los cineclubes, donde conocí maravillas de las que nadie tenía memoria. En una salita del teatro San Martín vi en un solo día *La fuga*, una joya argentina de 1937 que durante seis décadas se creyó perdida, y *Crónica de un niño solo*, que no era inferior a *Los cuatrocientos golpes*. Una semana más tarde, en un ciclo del Malba, descubrí un cortometraje de 1961 llamado *Faena*, en el que las vacas eran desmayadas a martillazos y luego despellejadas vivas en el matadero. Entendí entonces el verdadero sentido de la palabra barbarie y durante una semana entera no pude pensar en otra cosa. En Nueva York, una experiencia como ésa me habría convertido en vegetariano. En Buenos Aires era imposible, porque fuera de la carne casi no hay otra cosa que comer.

Poco después de las once, Valeria y sus alumnos pidieron la cuenta y se pusieron de pie. Debían filmar al día siguiente desde el alba, y aún necesitaban practicar dos o tres horas. Cuando se despidieron, yo no esperaba ya nada más de la noche, pero uno de los actorcitos me sorprendió:

Tenemos que ir al fin del mundo sin dormir, che. La Recova de Liniers, imagináte. Nos habían citado al mediodía, pero después se avivaron que estaba reservada. Nos ganó de mano un cantor contrahecho. El boludo ése, ¿cómo se llama?, dijo, chasqueando los dedos.

Martel, respondió el otro galán.

¿Julio Martel?, pregunté.

Ése. Quién lo conoce.

Es un gran cantor, lo corrigió Valeria. El mejor después de Gardel.

Eso lo decís vos sola, insistió el actorcito que no se calentaba con ella. Nadie entiende lo que canta.

La ansiedad no me dejó trabajar ni dormir. Por primera vez el azar me permitía anticipar el sitio donde Martel iba a dar uno de sus recitales privados. Después de ver *Faena*, podía conjeturar por qué había elegido las recovas, tres edificios de dos plantas, con una sucesión de arcadas conventuales en el frente, que habían empezado a construirse el mismo día en que se inauguró el Palacio de Aguas. El portal del norte servía en el pasado de acceso a las playas de matanza y al viejo mercado de hacienda, donde al amanecer se remataban las vacas destinadas al consumo. En 1978, la dictadura había cerrado y demolido el matadero. En las cuarenta hectáreas de su predio se construyó un laboratorio farmacéutico y un parque de recreo, pero las reses seguían llegando al mercado contiguo en camiones con acoplado, desembarcaban en los corrales y eran vendidas por lotes, a tanto el kilo.

La calle de las recovas había cambiado de nombre muchas veces y cada quien la llamaba como quería. A comienzos del siglo XX, cuando el sitio era conocido como Chicago, y los degolladores sólo usaban cuchillos importados de esa ciudad carnicera, los que se aventuraban por allí le decían Calle Décima. En las parroquias

103

estaba inscripta como San Fernando, en recuerdo de un príncipe medieval que sólo comía carne vacuna. Los rematadores que se reunían tras la ochava azul y rosa del bar Oviedo, justo enfrente de las recovas, siguieron diciéndole Tellier hasta hace poco, en homenaje a un francés, Charles Tellier, que transportó por primera vez carne congelada a través del Atlántico. Desde 1984, sin embargo, se llama Lisandro de la Torre, por el senador que desenmascaró los monopolios de los frigoríficos.

No hay mapas confiables de Buenos Aires, porque las calles cambian de nombre de una semana a la otra. Lo que un mapa afirma, otro lo niega. Las direcciones orientan y al mismo tiempo desconciertan. Por miedo a perderse, alguna gente no se aleja sino a diez o doce manzanas de su casa en toda la vida. Enriqueta, la encargada de mi pensión, por ejemplo, jamás llegó al lado oeste de la avenida 9 de Julio. "Para qué", me ha dicho. "Quién sabe lo que podría pasarme."

Cuando terminé de comer en La Brigada fui hacia el café Británico sin detenerme en mi cuarto, como era la costumbre. Estaba urgido por ordenar mis notas sobre la película *Faena* y ver si en los rituales del matadero encontraba alguna explicación para la presencia de Martel en las recovas, al mediodía siguiente. Según el corto, siete mil vacas y terneros subían todas las mañanas por una rampa hacia la muerte. Antes, habían vadeado una laguna en la que se bañaban a medias y avanzado entre chorros de mangueras que completaban la limpieza. En lo alto de la rampa, una compuerta se cerraba a sus espaldas y los separaba en grupos de tres o cuatro. Entonces caía sobre la cerviz de cada uno de ellos un martillazo brutal, descerrajado por un hom-

104

bre con el torso desnudo. Rara vez fallaba el golpe. Los animales se desplomaban y casi al instante eran lanzados desde una altura de dos metros sobre un piso de cemento. Que ninguno de ellos sintiera la inminencia de la muerte era esencial para la delicadeza de la carne. Cuando una vaca adivina el peligro, el terror la endurece y sus músculos se impregnan de un sabor agrio. A medida que las reses caían de la rampa, seis o siete maneadores iban ciñendo las patas con un cable de acero y encajándolas en un gancho mientras un contrapeso las levantaba en vilo, cabeza abajo. Los movimientos debían ser veloces y precisos: los animales estaban vivos todavía y, si despertaban del desmayo, ofrecían una resistencia de locura. Una vez colgados, avanzaban en una cinta sinfín, a razón de doscientos por hora. Los degolladores los esperaban ante la noria, con los cuchillos enhiestos: una puntada certera en la yugular, y eso era todo. La sangre saltaba a chorros hacia un canal donde iría coagulándose para ser aprovechada. Lo que seguía era atroz y me parecía impensable que Martel quisiera cantar a ese pasado. Las reses eran despellejadas, abiertas en canal, despojadas de sus vísceras y entregadas, ya sin cabeza ni patas, a los cuarteros, que las dividían por la mitad o en trozos.

Así sucedía también en 1841, cuando Esteban Echeverría escribió *El matadero*, el primer cuento argentino, en el que la crueldad con el ganado es la réplica de la bárbara crueldad que en el país se ejerce con los hombres. Aunque el matadero no está ahora detrás de las recovas y se ha diseminado en decenas de frigoríficos, fuera del perímetro urbano los ritos del sacrificio no han cambiado. Sólo se ha añadido otro paso de danza, la picana, que consiste en dos polos de cobre a través de los cuales se lanza una descarga eléctrica. Cuando se aplica sobre el lomo de los animales, la picana va arreándolos hacia las rampas de sacrificio. En 1932, un comisario de policía llamado Leopoldo Lugones, hijo del máximo poeta nacional —su homónimo—, advirtió que el instrumento era eficaz para torturar a los seres humanos, y ordenó ensayar las descargas en el cuerpo de los presos políticos, eligiendo las zonas blandas donde el dolor puede ser más intolerable: los genitales, las encías, el ano, los pezones, los oídos, las fosas nasales, con la intención de aniquilar todo pensamiento o deseo y de convertir a las víctimas en no personas.

Escribí una lista de esos detalles con la esperanza de encontrar el indicio que llevaba a Martel a cantar ante el viejo matadero, pero aunque los repasé una y otra vez no supe verlo. Alcira Villar me habría dado la clave, pero entonces yo no la conocía. Ella me diría después que Martel trataba de recuperar el pasado tal como había sido, sin las desfiguraciones de la memoria. Sabía que el pasado se mantiene intacto en alguna parte, en forma no de presente sino de eternidad: lo que fue y sigue siendo aún será lo mismo mañana, algo así como la Idea Primordial de Platón o los cristales de tiempo de Bergson, aunque el cantor jamás había oído hablar de ellos.

Según Alcira, el interés de Martel por los espejismos del tiempo comenzó en el cine Tita Merello, un día de junio, cuando fueron a ver juntos dos películas de Carlos Gardel filmadas en Joinville, *Melodía de arrabal* y *Luces de Buenos Aires*. Martel había observado a su ídolo con tanta intensidad que por momentos sintió —dijo entonces— que él era el otro. Ni siquiera la pésima proyección de las películas lo había desilusionado. En la soledad de la sala, cantó en voz baja, a dúo con la voz de la pantalla, dos de los tangos, *Tomo y obligo* y *Silencio*. Alcira no advirtió la menor diferencia entre un cantor y otro. Cuando Martel imitaba a Gardel, *era Gardel*, me dijo. Cuando se empeñaba en ser él mismo, era mejor.

Volvieron a ver las dos películas al día siguiente en la función de la tarde y, al salir, el cantor decidió comprar las copias en video que se vendían en un negocio de Corrientes y Rodríguez Peña. Durante una semana no hizo otra cosa que repetirlas en el televisor, dormir de a ratos, comer algo, y volver a verlas, me contó Alcira. Las detenía para observar el paisaje rural, los cafés de la época, las verdulerías, los casinos. A Gardel, en cambio, lo escuchaba embelesado, sin pausas. Cuando todo terminó, me dijo que el pasado de las películas era un artificio. El timbre de las voces se conservaba casi tan nítido como en las grabaciones que rehacían los estudios, pero el alrededor era cartón pintado y, aunque lo que veíamos era el mismo cartón del día en que lo filmaron, la mirada lo iba degradando, como si en el tiempo hubiera una fuerza de gravedad incorregible. Ni aun entonces dejó de pensar, me dijo Alcira, que el pasado estaba intacto en alguna parte, tal vez no en la memoria de las personas, como podríamos suponer, sino fuera de nosotros, en un sitio impreciso de la realidad.

Yo no sabía nada de eso cuando fui a la recova del mercado de Liniers a las once de la mañana, al día siguiente de mi encuentro con Valeria. Entre una marea de cables, junto a dos camiones cargados con reflecto-

107

res y equipos de sonido, divisé a los galancitos de La Brigada con zapatos de charol y tacos altos. La filmación había terminado y no me les acerqué. El lugar estaba iluminado por el dulce sol de noviembre y, aunque la humedad y la vejez lo cuarteaban, mantenía su severa belleza. Tras las arcadas de la recova se vislumbraban zaguanes y escaleras que llevaban a las oficinas de un sindicato, una escuela de cerámica y la junta vecinal, mientras enfrente se anunciaba un museo criollo que no quise visitar. Al centro, una torre de veinte metros coronada por un reloj vertía su sombra sobre la Plazoleta del Resero, en la que crecían algunas tipas, como en el parque Lezama.

Aunque el trajín de la calle era incesante a esa hora y los colectivos pasaban repletos, dejando una estela de sonidos asmáticos, el aire olía a vacas, terneros y pasto húmedo. Mientras esperaba el mediodía, entré al mercado. Una intrincada red de corredores circundaba los corrales. Pese a la hora tardía, dos mil reses esperaban turno para ser rematadas. Los consignatarios ejecutaban en aquellas galerías un minué inimitable, uno de cuyos pasos era discutir entre sí los precios de la hacienda, a la vez que escribían jeroglíficos en sus agendas electrónicas, hablaban por los teléfonos celulares e intercambiaban señas con sus socios, sin confundirse ni perder el paso. En una ocasión oí sonar a lo lejos la campana catedralicia que llamaba a remate, mientras los arrieros llevaban las reses de un corral a otro. Después de haber visto *Faena*, saber el destino que aguardaba a cada uno de aquellos animales —un destino inevitable que, sin embargo, aún no había sucedido— me llenó de una intolerable desesperación. Ya es-

108

tán en la muerte, me dije, pero la muerte les llegará mañana. ¿Qué diferencia había para ellos entre el no ser de ahora y el no ser del día siguiente? ¿Qué diferencia hay ya entre lo que soy ahora y lo que esta ciudad hará de mí: algo que me está pasando en este instante y que, como las reses a punto de ser sacrificadas, no puedo ver? ¿Qué hará Martel de mí mientras hace otra cosa de sí mismo?

Pronto iba a ser mediodía y apuré el paso para llegar a tiempo a las recovas. Si el cantor quería el sitio para él solo, tal vez fuera acompañado por una orquesta. El estruendo de los camiones y de los colectivos apagaría su voz, pero yo iba a estar al lado para oírla. La bebería si era necesario. Ya por entonces se movía sólo en silla de ruedas y no podía quedarse más de una hora en el mismo lugar: sufría de convulsiones o desmayos, se le descontrolaban los esfínteres.

A la una menos cuarto, sin embargo, no había llegado todavía. El aroma de los guisos que se cocinaban en la vecindad convergían sobre la plazoleta del Resero y me acicateaban el hambre. Estaba sin dormir y en toda la noche sólo había tomado un par de cafés en el Británico. De la ochava del bar Oviedo salían oficinistas y matronas con paquetes de comida, y tuve la tentación de cruzar la calle y comprar algún bocado yo también. Sentía un ligero mareo y habría pagado todo lo que tenía por un plato de cualquier guiso, aunque en verdad no sé si habría podido disfrutarlo. Estaba ansioso, con una angustia que no podía explicar, y el vago presentimiento de que Martel no vendría.

Nunca lo vi llegar, en verdad. Me marché de las recovas a eso de las dos y media. Quería estar lejos del

109

mercado, lejos de Mataderos y también lejos del mundo. Un colectivo me dejó a pocas cuadras de la pensión, junto a una fonda donde me sirvieron una infame sopa de fideos. Llegué a mi cuarto poco antes de las cinco, me arrojé en la cama y dormí hasta el día siguiente.

Cuando aludía a un lugar, Martel nunca era literal, pero yo me engañaba cada vez creyendo lo contrario. Si los galancitos de La Brigada hubieran dicho que iba a evocar a las esclavas blancas de la Zwi Migdal, lo habría buscado en cualquiera de los prostíbulos que esa sociedad de rufianes administraba cerca de Junín y Tucumán, en la manzana purificada ahora por librerías, video clubes y distribuidoras de películas. No se me habría ocurrido, por ejemplo, ir a la esquina de Libertador y Billinghurst, en la que a principios del siglo XX había un café clandestino, con un tablado al fondo, donde las mujeres traídas como ganado desde Polonia y Francia eran rematadas al mejor postor. Y menos aún habría imaginado que Martel podría cantar en el caserón de la Avenida de los Corrales donde en 1977 la ex prostituta Violeta Miller mandó a la muerte a su enfermera Catalina Godel.

Lo esperé en la Plazoleta del Resero y no lo vi, porque él estaba dentro de un automóvil detenido en la esquina de la recova sur, junto con el guitarrista Tulio Sabadell.

Sólo a fines de enero, cuando estaba yéndome de Buenos Aires, supe lo que había pasado. Alcira Villar me contó entonces que el cantor tuvo aquella mañana un vómito de sangre. Al tomarle la presión, advirtió que la tenía por los suelos. Quiso disuadirlo de que saliera, pero él insistió. Estaba pálido, le dolían las articulaciones y se le había hinchado el estómago. Cuando lo subimos al auto, creí que nunca llegaríamos, me dijo Alcira. A los quince minutos, sin embargo, se recuperó. A veces la enfermedad se le escondía dentro del cuerpo, como un gato asustado, y otras veces salía de allí y mostraba los dientes. También a Martel lo tomaba por sorpresa, pero él sabía sosegarla y hasta fingir que no existía.

Íbamos aquella mañana por la autopista de Ezeiza, siguió Alcira, y, cuando estábamos por entrar en la avenida General Paz, los dolores se le retiraron tan imprevistamente como habían venido. Me pidió que nos detuviéramos a comprar un ramo de camelias y me dijo que, después de ver las películas de Gardel, había decidido cantar algunos tangos de los años 30. Durante los días anteriores estuvo ensayando *Margarita Gauthier*, que su madre entonaba al lavar la ropa. "Era un acto reflejo en ella", le había dicho Martel. "Restregaba las camisas y el tango se le instalaba en el cuerpo sin que lo llamaran." Pero esa mañana quería empezar su recital privado con *Volver*, de Gardel y Le Pera.

Sabadell y yo nos sorprendimos, me dijo Alcira, cuando rompió a cantar en el auto, con voz de barítono, una estrofa de *Volver* que reflejaba, o al menos así me parecía, su conflicto con el tiempo: *Tengo miedo del encuentro / con el pasado que vuelve / a enfrentarse con mi vida.* Más extraño fue que repitiera la melodía en clave de fa, con voz de bajo profundo y luego, sin transición casi, que la cantara como tenor. Nunca le había oído mover la voz de un registro a otro, porque Martel era un tenor natural, y tampoco nunca volvió a jugar de esa manera delante de mí. Estaba muy atento a nuestras reacciones, sobre todo a la de Sabadell, que lo miraba con incredulidad. Yo sólo recuerdo mi admiración, porque el tránsito de una voz a otra, lejos de ser brusco, era casi imperceptible, y aún ahora no sé cómo lo hizo.

Ya antes de que llegáramos a la Avenida de los Corrales, me contó Alcira, Martel entró en uno de esos humores sombríos que tanto me inquietaban, y permaneció en silencio, con la mirada en ninguna parte. Al pasar por una casa con balcones, que parecía deshabitada y cuyo único adorno eran las ruinas de un techo de vidrio, el conductor de nuestro auto intentó estacionar, obedeciendo quizás a una orden que Sabadell y yo desconocíamos. Sólo entonces Martel salió de su marasmo y le pidió que siguiera sin detenerse hasta la plazoleta del Resero.

No bajamos del automóvil, dijo Alcira. Martel le pidió a Sabadell que depositara el ramo de camelias a la entrada de un dispensario, en la recova sur, y que lo custodiara un momento para que nadie se lo llevara. Mientras lo hacía, permaneció con la cabeza baja, sin decir una sola palabra. A nuestro alrededor desfilaban camiones con acoplados, colectivos y motocicletas, pero la voluntad de silencio de Martel era tan profunda y dominante que no recuerdo haber oído nada, y lo que ha quedado en mí son apenas las sombras fugaces de los vehículos, y la estampa de Sabadell, que parecía desnudo sin su guitarra.

Dos meses más tarde, durante una de nuestras lar-

112

gas conversaciones en el café La Paz, Alcira me contó quién era Violeta Miller y por qué Martel había dejado las camelias en el lugar donde fue asesinada Catalina Godel.

Dudo que hayas oído hablar de la Zwi Migdal, me dijo entonces. A comienzos del siglo XX, casi todos los burdeles de Buenos Aires dependían de esa mafia de cafishios judíos. Los enviados de la Migdal viajaban por las aldeas míseras de Polonia, Galitzia, Besarabia y Ucrania, en busca de muchachas también judías a las que iban seduciendo con falsas promesas de matrimonio. En algunos casos llegaron a celebrarse esas bodas ilusorias en una sinagoga donde todo era un fraude: el rabino y los diez obligatorios partícipes de la *minyan*. Después de una iniciación brutal, las víctimas eran confinadas en prostíbulos donde trabajaban de catorce a dieciséis horas por día, hasta que sus cuerpos se volvían escombros.

Violeta Miller fue una de esas mujeres, me contó Alcira. Tercera hija de un sastre de los suburbios de Lodz, analfabeta y sin dote, una mañana de 1914 aceptó, a la salida de la sinagoga, la compañía de un comerciante de buenos modales que la visitó otras dos veces y a la tercera le propuso matrimonio. A la muchacha le pareció el colmo de la felicidad lo que en verdad era el principio de su perdición. En el barco, cuando emprendía el viaje de recién casada a Buenos Aires, supo que el marido llevaba otras siete esposas a bordo, y que todas ellas estaban destinadas a los quilombos argentinos.

La misma noche de la llegada la remataron con un lote de otras seis polacas. Vestida de colegiala, subió al tablado del café Parisién. Alguien le ordenó que alzara las manos y moviera los dedos si le preguntaban en idish cuántos años tenía, para indicar que sumaban doce. En verdad ya había cumplido quince, pero era lampiña, no tenía pechos y había menstruado muy pocas veces, a intervalos irregulares.

El chulo que la compró gobernaba un burdel de doce párvulas. Desvirgó a Violeta sin el menor preámbulo y, al amanecer, cuando la oyó quejarse, la silenció con latigazos que tardaron una semana en cicatrizar. Así, llagada y maltrecha, fue obligada a servir desde las cuatro de la tarde hasta el amanecer siguiente, saciando a estibadores y oficinistas que le hablaban en lenguas ininteligibles. Intentó fugarse, y la detuvieron a pocos metros de la casa. El rufián la castigó marcándola en la espalda con un hierro de ganado. Sufrir todos los dolores de una vez es preferible al purgatorio que está quemándome en vida, se dijo Violeta, y decidió ayunar hasta la extenuación. Aguantó una semana bebiendo sólo un vaso de agua, y se habría dejado morir si las madamas que la custodiaban no le hubieran llevado en una caja de cartón la oreja de otra pupila fugitiva, advirtiéndole que, si no cedía, la iban a dejar sin ojos para que no pudiera defenderse.

Durante cinco años, Violeta fue trasladada de un quilombo a otro. Vivía en Buenos Aires sin saber cómo era la ciudad: una lámpara eléctrica estaba siempre encendida en su cuarto para que no distinguiera entre la noche y el día. La pequeñez de su cuerpo atraía a un sinnúmero de clientes perversos, que la creían impúber y confundían su desgano con inexperiencia. A fines del verano de 1920 contrajo unas fiebres tenaces que la dejaron postrada durante meses. Acaso habría muerto si un albañil también polaco, al que Violeta había confiado la historia de sus desgracias, no hubiera aprovechado sus visitas para entregarle en secreto frasquitos de glucosa y sellos antipiréticos. Dos meses más tarde, cuando la pobre estaba todavía convaleciente, una de las compañeras de infortunio le sopló que la pondrían de nuevo en venta. Era una noticia atroz, porque tenía el cuerpo maltrecho por las fiebres y el uso, y en el Chaco, donde terminaban sus vidas las desdichadas como ella, se trabajaba hasta cuando reventaban los esfínteres.

Durante los cinco años y medio de su martirio, Violeta había logrado ahorrar, centavo a centavo, el dinero de las propinas. Tenía doscientos cincuenta pesos, la quinta parte de lo que pagaron por ella en el primer remate, y, con la nada que valía, quizás habría podido comprarse a sí misma. Eso era imposible, porque las mujeres eran entregadas sólo a gente del mismo negocio. Desesperada, le preguntó al albañil si alguno de sus conocidos querría fingirse rufián. Debía ser alguien audaz. Después de muchas diligencias, un actor de circo aceptó representar el papel. Se presentó como italiano, mencionó un imaginario burdel en la Isla Grande de Chiloé, y cerró el trato en menos de media hora. Una semana más tarde, Violeta estaba libre.

Viajó en trenes de carga hacia el noroeste de la Argentina. Se quedaba pocos meses en algún pueblo tedioso, trabajando como criada o dependiente de almacén y, cuando temía que le descubrieran el rastro, huía hacia otro pueblo. En la travesía aprendió el alfabeto y el catecismo de la religión católica. Al final del tercer invierno desembarcó en Catamarca. Allí se sintió a salvo y decidió quedarse. Se alojó en el mejor hotel de la ciudad y en un par de semanas gastó casi todos los ahorros que llevaba. Fue suficiente, porque en ese tiempo ya había seducido al gerente del hotel y al tesorero del banco de la provincia. Ambos eran temerosos de Dios y de sus esposas, y Violeta obtuvo de ellos más de lo que podían dar: uno le pagó la habitación que ocupaba por todo el tiempo que se le dio la gana, el otro le concedió un par de préstamos a bajo interés, y la presentó a las damas del Apostolado de la Oración, que se reunían los viernes a rezar el rosario. Decidida a recuperar por cualquier medio la felicidad y el respeto que había perdido en su vida de puta obligatoria, Violeta les abrió el corazón. Les contó que había nacido judía, pero que su mayor deseo, desde niña, era recibir la luz de Cristo. Las damas convencieron al obispo de que la bautizara, y sirvieron como madrinas en la ceremonia.

Catamarca era una ciudad devota de la Virgen del Valle, y Violeta se valió de sus relaciones para abrir un comercio de objetos religiosos, en el que vendía medallas bendecidas por Roma, imágenes de la Virgen para las escuelas, ex votos para los enfermos curados por milagro e indulgencias plenarias para los moribundos. Los promesantes acudían de los lugares más remotos, y ese incesante tráfico la convirtió en una mujer riquísima. Era generosa con la Iglesia, mantenía un comedor para pobres y los primeros viernes de cada mes llevaba juguetes al Hospital de Niños. Su pequeñez, que tantas penurias le había ocasionado en los prostíbulos, era tomada en Catamarca por señal de distinción. En varias ocasiones le propusieron matrimonio, y cada vez Violeta rechazó a sus pretendientes con delicadeza. Estaba comprometida con Nuestro Señor, les dijo, y le había ofrecido su castidad. Al menos a medias, eso era cierto: jamás le había interesado el sexo, y menos después de todo el que había tenido a la fuerza. Odiaba el sudor agrio y la violencia de los machos. Odiaba al género humano. A veces también se odiaba a sí misma.

Así vivió más de cuarenta y cinco años. Con una felicidad que no podía declarar, leyó que los mafiosos de la Zwi Migdal habían caído uno tras otro por la denuncia de una pupila valiente, e hizo llegar medallas de la Virgen al comisario y al juez que los metieron en la cárcel.

Nunca supo una palabra de sus hermanas, a las que imaginó asesinadas en algún campo de concentración, nunca quiso volver a Lodz, y ni siquiera aceptó ver las escasas películas sobre el holocausto que se pasaron en Catamarca. De lo único que sentía melancolía era de la Buenos Aires que no le habían permitido conocer.

Al cumplir setenta años, decidió morir como una dama de respeto en la ciudad donde sólo había sido esclava. En uno de sus raros viajes a la capital, compró un terreno en el barrio de Mataderos, sobre la Avenida de los Corrales. Encomendó a un renombrado estudio de arquitectos que construyera allí una casa idéntica a las que había envidiado en el Lodz de su adolescencia, con un comedor para catorce invitados, un dormitorio con guardarropas de pared a pared, bañeras de mármol en las que cabía sin encogerse, y una biblioteca con estanterías hasta el techo, colmadas por volúmenes encuadernados que eligió por la viveza de los colores y por los tamaños uniformes. Cuando la casa estuvo lista, se mudó a Buenos Aires sin despedirse de nadie.

Como en sus paseos por los valles de Catamarca se había aficionado a observar las constelaciones, dispuso que todas las habitaciones de la nueva casa tuvieran un techo de vidrio blindado, lo que obligó a los arquitectos a diseñar un trapezoide con un complicado sistema de desagües y finísimas membranas de impermeabilización, más dispositivos eléctricos que permitían abrir partes del techo en los días claros y cubrir la luz al amanecer.

El mayor de los lujos fue, sin embargo, una plataforma de mármol que se alzaba a la derecha del comedor, junto a la sala de recibo, cerrada por balaustres labrados, sobre la que montó un telescopio de astrónomo y un sillón que se ajustaba a su pequeño cuerpo como un traje. A la plataforma subía por un ascensor de jaula, movido por una maquinaria que sobresalía del techo, cubierta por un arco Tudor pintado de verde.

En Buenos Aires regresó a la religión de sus mayores. Frecuentó la sinagoga los viernes por la tarde, aprendió a leer en hebreo e hizo que le escribieran con la caligrafía más elegante una *ketubah* que certificaba su matrimonio falso de medio siglo atrás. Le puso un marco de bronce con símbolos en relieve de las cuatro estaciones y la mandó colgar en el lugar más visible del comedor. Junto a cada una de las puertas de la casa colocó una mezuzá de oro, con el nombre del Todopoderoso y los versículos del Deuteronomio.

La soledad, sin embargo, la desvelaba. Alcira me contó que dos mujeres se turnaban para limpiar la casa, pero las dos le habían robado cortes de seda y habían tratado de violar la caja donde guardaba las joyas. En 1975 se oían tiroteos casi todas las noches, y la televisión hablaba de ataques guerrilleros a los cuarteles. Sintió alivio cuando supo que los militares se habían hecho cargo del gobierno y que estaban capturando a todos los que se les oponían. Poco duró su calma. A fines del otoño de 1978 sufrió dos caídas al salir del baño y la acometieron unos invencibles ataques de asma. El médico le exigió que depusiera sus desconfianzas y contratara a una enfermera.

Entrevistó a quince postulantes que le desagradaron, algunas porque comían demasiado, o la trataban como a una niña imbécil, o pretendían dos días francos por semana. La última, que llegó cuando ya perdía las esperanzas, superó en cambio su imaginación: era diligente, callada, y parecía tan ansiosa por servir que prefería —le dijo— salir de la casa sólo lo imprescindible: una vez cada quince días para las compras. Llevaba cartas de presentación imbatibles, escritas por un teniente de navío que expresaba su "gratitud y admiración por la portadora, quien cuidó con devoción de mi madre durante cuatro años, hasta su fallecimiento", y por un capitán de fragata que le debía la recuperación de su esposa.

Margarita Langman tenía además la ventaja de su fe: era judía y temerosa de Dios. Violeta empezó a depender de ella como un parásito. Nadie, jamás, se había adelantado a sus deseos. Margarita los presentía antes de que los tuviera. Casi todas las noches, cuando la anciana observaba las constelaciones, la mujer permanecía a su lado, de pie, ajustando las lentes del telescopio y explicándole las imperceptibles rotaciones de

Centauro bajo la Cruz del Sur. Parecía inmune al tedio. Si no estaba con Violeta, ordenaba la vajilla o cosía. Por la televisión y por la radio transmitían sin cesar advertencias del gobierno que acentuaban la desconfianza de ambas por los desconocidos: "¿Sabe dónde está su hijo a esta hora?", "¿Conoce a la persona que llama a su puerta?", "¿Está seguro de que a su mesa no se sienta un enemigo de la patria?" Violeta era astuta y se creía capaz de identificar la doblez de los seres humanos a primera vista. Aunque sentía por Margarita una confianza instintiva, le parecía raro que respondiera con evasivas cuando le preguntaba sobre la familia, y que ningún hermano, de los dos que decía tener, la visitara o la llamara por teléfono. Temía que no fuese lo que aparentaba. Ahora que había conocido el placer de una compañía verdadera, no imaginaba la vida sin ella.

Una mañana, cuando la enfermera salió al mercado para las compras quincenales, Violeta decidió espiar su cuarto. Investigar con disimulo el bolso de las otras pupilas de la Migdal o de las empleadas en la santería de Catamarca le había permitido salvarse a tiempo de robos y calumnias. Pero esta vez, a los pocos minutos de franquear la entrada y cuando apenas había tenido tiempo de ver la cama pulcra, con almohadones bordados, algunos libros en el velador y la valija sobre el ropero, oyó ruidos en la puerta de calle y tuvo que alejarse. Se arrepentía ahora de haber entregado a Margarita un juego de llaves, pero ¿qué más podía hacer? El médico le había dicho que otra caída podía dejarla postrada y, en ese caso, iba a estar a merced de su guardiana. Era mejor ponerla a prueba antes de que sucediera.

Me olvidé el chal, dijo la enfermera. Y además ha-

120

bía demasiada gente en el mercado. Va a ser mejor que vaya por la tarde. No me gusta que usted se quede sola tanto tiempo.

En la semana que siguió, Violeta se irritaba hasta cuando la oía fregar platos. Le pagaba cien mil pesos por mes, y cada centavo le recordaba sus martirios de adolescente. Odiaba la energía con que Margarita podía moverse hasta muy avanzada la noche, cuando a ella sólo le había quedado un cuerpo expoliado y herido. Odiaba verla leer, porque jamás le habían permitido tener un libro entre las manos hasta que se liberó, a los veinte años, cuando no sentía ya curiosidad por ninguno. Le disgustaba el modo en que la miraba, la forma de la cabeza, las manos llenas de grietas, la monotonía de la voz. Más la mortificaba, sin embargo, no estar jamás sola en la casa para revisarle los secretos.

Desde hacía mucho, contó Alcira, la anciana quería comprar una *Magen David* de oro con brillantes. La necesidad de poner a prueba a Margarita terminó por decidirla. Todas las muchachas judías soñaban con una, y cuando viera su joya, sentiría envidia. ¿Acaso no conocía Violeta el corazón humano mejor que nadie? Impaciente, convocó a un orfebre de la calle Libertad y negoció con él, milímetro a milímetro, el diseño y el precio de una pesada estrella de oro de 24 kilates, con diamantes de tonalidades azules en cada una de las seis puntas, que pendería de una cadena de eslabones gruesos.

Una mañana de diciembre, el joyero anunció que la *Magen David* estaba lista y ofreció llevarla, pero la anciana se negó. Prefería, dijo, que la buscara Margarita. Era su ocasión para apartarla de la casa durante dos a tres horas. Discutieron sobre el tema con aspereza. La enfermera insistía en que no era prudente desamparar a Violeta durante tanto tiempo, mientras ésta inventaba excusas para que se fuera.

Ya estaba cerca el verano y hacía un calor atroz. A través de los postigos del balcón, Violeta espió a la enfermera mientras se alejaba por la Avenida de los Corrales hacia la parada del colectivo 155. La vio taparse la cabeza con un pañuelo que le ocultaba la mitad de la cara y guarecerse a la sombra de un árbol. Sobre los adoquines temblaba el aire calcinado. Pasó un vehículo. Se aseguró de que subía, esperó diez minutos y sólo entonces, triunfal, entró en la habitación prohibida.

Ni siquiera hojeó los libros del velador. Ninguno parecía importante. De las perchas colgaban unos pocos vestidos, ordenados por colores, dos pantalones y dos blusas. Si Margarita ocultaba algo, debía de estar en la valija, que había dejado sobre el ropero, fuera de su alcance. ¿Cómo bajarla? Desechó un recurso tras otro. Por fin, recordó la escalerita rodante que los arquitectos le habían vendido contra su voluntad.

El prostíbulo no le había enseñado a leer, pero sí otras destrezas: la desconfianza, la rapiña, el uso de ganzúas. Se sorprendió de la facilidad con que, subida al cuarto peldaño, apoyada sobre el ropero, pudo abrir la cerradura de la valija y levantar la tapa. Con desencanto, vio sólo algunas camisas ordinarias y un álbum de fotografías.

En las primeras páginas del álbum había triviales imágenes de familia, me contó Alcira. Alguien que debía de ser el padre de Margarita, cubiertos los hombros por el *tallit* de las plegarias, abrazaba a una niña que tendría ¿diez, once años?, mirada de huérfana, indefensa ante la hostilidad del mundo. En otras fotos, la propia Margarita, vestida con el guardapolvo escolar, esquivaba la cámara; era sorprendida soplando una vela de cumpleaños; jugaba en el mar. En la última, que descubría al fondo un molino de viento, sonreía junto a un hombre que podía ser su hermano aunque tenía la tez oscura y los rasgos aindiados, como los campesinos del norte argentino. Llevaba en brazos a un niño de pocos meses.

Horas más tarde, cuando Violeta fue interrogada en la iglesia Stella Maris, diría que, al observar esa última foto, presintió la doble vida de la enfermera. Me recorrió un escalofrío, contó en su declaración. Pensé que el hombre de la foto era tal vez su marido y el bebé su hijo. Caí en la cuenta de que estaba entrando en su pasado y que ya no podría salir. De canto, a un costado de las fotos, encontré el cuaderno con el que la había visto tantas veces. No era un diario, como alguna vez pensé, sino páginas de frases sin sentido, recortes sucios de papeles que decían: *queso, guiso, guarango, quiero, amo a mi mamá, me llamo Catalina, mi maestra se llama Catalina,* y al pie de cada frase una anotación con letra más firme: *Fermín, preguntar por qué no le dieron el vaso de leche – Tota, ¿papá o mamá militan en la M? ¿los dos? – Repetir mañana la tabla del 5.* Páginas de lo mismo. Nada llamaba mi atención, le diría Violeta al oficial que la interrogó. Ya iba a cerrar la valija cuando palpé la tapa y sentí que estaba llena de papeles, de objetos, qué sé yo, tuve curiosidad y también escrúpulos, porque los papeles estaban sueltos y la mujer iba a saber que yo los había desordenado. Mis pálpitos son infalibles, sin embargo, y algo en el corazón me decía que ella era culpable. Me armé de coraje, descubrí el doble fondo de la tapa y retiré de allí algunas hojas blancas. En todas estaban impresos en relieve los membretes y escudos militares, con los nombres del almirante tal o del teniente de navío cual. Más al fondo encontré cédulas y libretas cívicas de personas desconocidas. Algunas, sin embargo, tenían la foto de la mujer aunque teñida a veces, y con otras identidades, Catalina Godel, Catalina Godel, recuerdo claramente ese nombre, Sara Bruski, Alicia Malamud, y también algunos apellidos gentiles, Gómez, Arellano, quién sabe cuántos más. Cómo podía imaginar yo que Margarita había sido maestra en el Bajo Flores y que se había escapado de la cárcel militar. Una no sabe ya quién es quién en estos tiempos confundidos.

Bajó de la escalera y se detuvo a pensar. Las cartas de recomendación de la enfermera estaban, sin duda, falsificadas, y ella había sido una tonta al no confirmarlas por teléfono. Quizás era falso lo que decían pero todo lo demás, sin duda, era real: los escudos con anclas y los nombres en relieve de los oficiales. No podía perder tiempo. Ya habían pasado casi dos horas. Volvió a empujar la escalera hacia la biblioteca y puso los adornos en su lugar. Luego, con la tranquilidad aprendida en los años de esclavitud, llamó al teléfono que estaba al pie de los membretes. La atendió un suboficial de guardia. "Es un tema de vida o muerte", dijo, según Alcira me contó después en el café La Paz. El operador le preguntó desde qué número hablaba y le ordenó esperar en la línea. Antes de dos minutos el capitán de fragata estaba en la línea. "Qué suerte, usted", le dijo

Violeta. "¿La enfermera que contraté no será la misma que cuidó a su esposa?" "Dígame con qué nombre se ha identificado esa mujer. Nombre o nombres", exigió el oficial. Tenía la voz áspera, impaciente, como la del rufián que la había comprado en el café Parisién. "Margarita Langman", dijo Violeta. De pronto, ella también se sentía acosada. El interminable pasado se le echaba encima. "Descríbala", la apremió el capitán. La anciana no sabía cómo hacerlo. Habló de la foto con el niño y el hombre aindiado. Luego, le dictó su dirección en la Avenida de los Corrales, le declaró con pudor sus setenta y nueve años. "Esa mujer es un elemento muy peligroso", dijo el oficial. "Ahora mismo vamos para allá. Si llega antes que nosotros, reténgala, distráigala. Más vale que no se le escape, ¿eh? Más vale que no se le escape".

Yo, Bruno Cadogan, supe entonces que las camelias dejadas por Sabadell en la plazoleta del Resero no eran para evocar los mataderos bárbaros de Echeverría y de *Faena* sino otros más despiadados y recientes. Alcira Villar me dijo en el café La Paz que, si se habían quedado sólo unos pocos minutos en aquella esquina de la muerte, era porque Martel quería honrar a Catalina Godel no en el punto final de sus desgracias sino en la casa donde había estado oculta casi seis meses, después de haberse fugado de la Escuela de Mecánica de la Armada. No entiendo, entonces, le dije a Alcira, por qué Martel pidió las recovas para un recital que nunca dio. Si lo hubieses conocido, me respondió ella, sabrías que ya en ese momento jamás cantaba en público. No le gustaba que lo vieran demacrado, decaído. Quería que nadie lo molestara cuando

Sabadell ponía el ramito de flores y él recitaba en voz baja un tango para Catalina Godel. Tal vez su primera intención fue bajar del auto y caminar hasta el dispensario, no sé qué decirte. Los designios de Martel eran inalcanzables como los de un gato.

CUATRO

Catalina Godel abandonó la casa familiar a los diecinueve años, cuando se enamoró locamente de un maestro de escuela rural que estaba de paso en Buenos Aires. De nada valieron los llantos de la madre, los discursos del padre sobre la infelicidad que le depararía un hombre de otra religión y de clase social baja, ni las maldiciones de los hermanos mayores. Se fue a trabajar a la escuela perdida de su amante, en los desiertos de Santiago del Estero. Allí supo que él militaba en la resistencia peronista y, sin vacilar, abrazó la misma causa. A los pocos meses ya había aprendido a armar bombas molotov con rapidez, era diestra en la limpieza de armas y en el tiro al blanco. Se descubrió audaz, dispuesta a todo.

Aunque su compañero desaparecía a veces por semanas enteras, Catalina no se inquietaba. Se acostumbró a no preguntar, a disimular y a hablar lo imprescindible. El silencio sólo le pesó la noche del Año Nuevo de 1973, cuando quedó sola en la pequeña escuela, cercada por una tempestad de polvo mientras la tierra parecía arder bajo sus pies. Por la radio se enteró, días más tarde, que el compañero había caído preso cuando intentaba capturar un puesto caminero en la avenida General Paz, en Buenos Aires. La acción le parecía insensata, enloquecida, pero ella entendía que la gente ya estaba harta de abusos y que necesitaba actuar como pudiera. En una valija de tela guardó las pocas ropas que tenía, las fotos de la infancia, y un libro de John William Cooke, *Peronismo y revolución*, que sabía casi de memoria. Caminó hacia el pueblo más cercano y allí tomó el primer ómnibus a Buenos Aires.

No podés imaginar cuánto empeño pusimos Martel y yo en averiguar cada detalle de esa vida, me dijo Alcira Villar en el café La Paz veintinueve años después, poco antes de que yo regresara a Nueva York para siempre.

La veía entonces al caer la tarde, a eso de las siete. Desde hacía dos meses yo vivía en un hotelito irrespirable, cerca del Congreso. El calor y las moscas no me dejaban dormir. Cuando caminaba hacia La Paz, el asfalto se hundía a mi paso. Aunque la refrigeración del café mantenía la temperatura a veinticinco grados constantes, el calor y la humedad tardaban horas en despegarse de mí. Más de una vez me quedé allí, tomando notas para este relato, hasta que los mozos empezaban a levantar las mesas y a lavar el piso. Alcira, en cambio, llegaba siempre radiante, y sólo a veces, cuando avanzaba la noche, se le marcaban las ojeras. Si yo se lo hacía notar, se las tocaba con la punta de los dedos y decía, sin el menor sarcasmo: "Es la felicidad de estar envejeciendo". Me contó que ella y el cantor habían descubierto la historia de Catalina leyendo las actas del juicio a los comandantes de la dictadura, y, aun-

130

que no difería demasiado de otras miles, Martel quedó hechizado y durante meses no pudo pensar en otra cosa. Se obstinó en buscar testigos que hubieran conocido a Catalina en la Avenida de los Corrales o durante los años de militancia. Una pequeña anécdota nos iba llevando a la otra, dijo Alcira, y así apareció en escena el pasado de Violeta Miller, uno de cuyos sobrinos polacos viajó a Buenos Aires en 1993 para litigar por el caserón vacío. Por el sobrino supimos cómo había empezado todo, en Lodz.

Tardamos casi un año en armar el rompecabezas, siguió Alcira. Las dos mujeres tenían biografías afines. Tanto Catalina como Violeta habían sido judías sometidas a servidumbre, y cada una de ellas, a su manera, había burlado a los amos. Martel creía que, si hubieran confiado más la una en la otra, contándose quiénes eran y todo lo que habían sufrido, tal vez nada les habría pasado. Pero ambas estaban acostumbradas al recelo, y así, separadas, Violeta fue vencida por el temor y la mezquindad y sólo Catalina pudo defender su dignidad hasta el fin.

Después del asalto al puesto caminero, me contó Alcira, el compañero de Catalina fue juzgado y recluido en la prisión patagónica de Rawson. Lo liberaron en mayo de 1973, pero año y medio más tarde ya estaba de nuevo en la clandestinidad. Perón había muerto dejando el gobierno en manos de una esposa idiota y de un astrólogo que acumulaba poder asesinando a enemigos imaginarios y reales. En esa época, Catalina decidió forjarse una falsa identidad, la de Margarita Langman, y empezó a trabajar como maestra en el Bajo Flores, donde le prestaron una piecita sin baño. Ya entonces

131

estaba embarazada, y durante unos pocos días se le cruzó por la cabeza la idea de volver a casa de los padres, para que la cuidaran y permitieran a su hijo crecer en una atmósfera de felicidad doméstica. Esa debilidad burguesa le pareció después un mal presagio.

Su hijo nació a mediados de diciembre de 1975. Aunque el padre había sido advertido del parto por una llamada telefónica de la propia Catalina —que ingresó al hospital con el nombre de Margarita—, no apareció sino una semana más tarde. Al parecer, a la hora del nacimiento estaba sumergido en las aguas del Río de la Plata, colocando minas de demolición submarina en el yate *Itatí*, propiedad de los altos mandos de la armada. Durante enero y febrero estuvieron ocultos en la casa de un capataz de campo en Colonia, Uruguay, mientras el gobierno de Isabel Perón se caía a pedazos y a ellos los rastreaban por todas partes. En ese verano breve de Colonia, Margarita vivió las dichas de la vida entera. Ella y su compañero se tomaron fotos, contemplaron el atardecer desde la orilla del río y caminaron tomados de la mano por las callecitas de la ciudad vieja, empujando el coche del bebé. Regresaron a Buenos Aires cuando los militares, que ya habían dado su golpe mortífero, asesinaban a todos los que identificaran como subversivos. El ex maestro rural cayó entre los primeros, en abril de 1976. Apenas ella lo supo, dejó al niño al cuidado de la abuela y regresó al Bajo Flores. Sólo salía de allí para participar como voluntaria en los atentados suicidas que ejecutaron los montoneros aquel año.

Una celada la sorprendió catorce meses más tarde en el bar Oviedo, de Mataderos, donde había concertado otra de sus citas clandestinas. Al entrar, advirtió que el sitio estaba cercado por militares vestidos de civil. Corrió hacia las recovas. Trató de subir a un colectivo y alejarse. La acorralaron, sin embargo, en el zaguán donde está ahora el dispensario y la llevaron, ciega, a un sótano donde la torturaron y violaron, mientras la interrogaban sobre su vida sexual y sobre el destino de personas que ella apenas conocía. Al cabo de muchas horas —nunca supo cuántas—, dejaron las ruinas de su cuerpo en un lugar llamado Capucha, donde otros presos sobrevivían con la cabeza cubierta por una bolsa. Allí empezó a curarse como pudo, bebiendo a sorbitos el agua que le daban y repitiendo su nombre de guerra en la oscuridad, Margarita Langman, soy Margarita Langman. Pasaron meses. Del chismorreo sigiloso de los prisioneros aprendió que, si fingía quebrarse y ganaba la confianza de sus verdugos, quizá podría huir y contar lo que le había pasado. Escribió una confesión en la que abjuraba de sus ideales, se la entregó a un teniente de navío y, cuando éste le propuso que la leyera ante una cámara de televisión, lo hizo sin vacilar. Así logró que la destinaran a un laboratorio de falsificaciones, donde se forjaban cédulas de propiedad para los autos robados, pasaportes y visas de consulados extranjeros. Con paciencia, fue familiarizándose con los nombres y grados de sus captores y acumulando papeles de carta con membretes oficiales. Hasta llegó a imprimir documentos para ella misma, en algunos de los cuales figuraba su nombre real. Siempre llevaba consigo esos documentos en un sobre para placas fotográficas que nadie abriría por temor a velar el contenido.

133

Llevaba ya algún tiempo en el laboratorio cuando le ordenaron marcar a los militantes que merodeaban por el barrio de Mataderos. Era la prueba decisiva de su lealtad, tal vez el paso previo a que la dejaran libre. Salió con una patrulla a las siete de la tarde. Iba en el asiento delantero de un Ford Falcon, con tres suboficiales detrás. Era invierno y caía una lluvia helada. Al llegar a la esquina de Lisandro de la Torre y Tandil, un colectivo embistió el Ford de costado y lo volcó. Los hombres que viajaban con Margarita quedaron sin sentido. Ella pudo escapar por una ventana del vehículo, con ligeras cortaduras en los brazos y las piernas. Su mayor problema fue desprenderse de los comedidos que pretendían llevarla al hospital. Pudo al fin escabullirse en la oscuridad del anochecer y buscar refugio en el Bajo Flores, donde los militares habían hecho estragos y casi no le quedaban amigos. A la mañana siguiente, en la sección Clasificados de *Clarín*, leyó el aviso en el que Violeta Miller pedía una enfermera, fraguó las cartas de recomendación y se presentó a la casa de la Avenida de los Corrales.

Ya sabés lo que siguió, me dijo Alcira. La tarde en que iba a morir, Catalina Godel, Margarita, o como ahora prefieras llamarla, regresó desde el negocio del joyero con la *Magen David*, casi al mismo tiempo que Violeta terminaba de hablar con los verdugos. La anciana se apegaba a la vida con saña tenaz, como declama nuestro himno nacional. Tanto temía ser descubierta que fatalmente se delató. Comenzó a temblar. Dijo que tenía escalofríos, que le dolía la espalda y que necesitaba un té. Dejemos las friegas para más tarde, le respondió Margarita con altanería inusual. Estoy empapada en sudor y muero por tomar un baño.

Violeta cometió entonces dos errores. Tenía el estuche de la *Magen David* en la mano e incomprensiblemente no lo abrió. En vez de hacerlo, alzó los ojos y su mirada se encontró con la de Margarita. Vio que por ella cruzaba un relámpago de comprensión. Todo sucedió en un soplo. La enfermera pasó junto a Violeta como si ya no existiera y alcanzó la puerta de calle. Corrió por el empedrado de la avenida, se refugió en la recova de la plazoleta del Resero y allí le dieron caza los verdugos, en el mismo punto donde la habían capturado por primera vez.

A Violeta Miller la pasaban a buscar todas las mañanas en un Ford Falcon y la llevaban a la iglesia Stella Maris, en la otra punta de la ciudad. Allí la interrogaba el capitán de fragata, me contó Alcira, a veces durante cinco, siete horas. Desenterró su pasado y la avergonzó por su doble conversión religiosa. La anciana perdió conciencia del tiempo. Sólo le pesaban los recuerdos, que aparecían sin que los quisiera. Se le agravó la antigua osteoporosis y, cuando los interrogatorios terminaron, apenas podía moverse. Tuvo que resignarse a contratar enfermeras, que la trataban con el rigor de las madamas de los burdeles. Nada la abatió tanto, sin embargo, como los desórdenes que encontraba al volver cada tarde a la Avenida de los Corrales. La casa se había convertido en el coto privado del capitán de fragata, que la iba despojando de las bañeras de mármol, la mesa del comedor los balaustres de la plataforma, el ascensor de jaula, el telescopio, las sábanas de encaje, el televisor. Hasta la caja fuerte donde guardaba las joyas y los bonos al portador fue arrancada de cuajo. Los únicos objetos intactos eran una novela de

135

Cortázar que Margarita había dejado a medio leer y el costurero vacío, en la cocina. El techo de vidrio apareció un día perforado en dos puntos centrales de la biblioteca, y la lluvia empezó a caer sin clemencia sobre los libros en piltrafas.

¿Te acordás que Sabadell dejó en la recova sur el ramo de camelias al mediodía?, me preguntó Alcira. Fue el 20 de noviembre, claro que me acuerdo, respondí. Yo estaba en ese lugar, esperando a Martel, y no lo vi. Ya te dije que no bajamos del auto, repitió ella. Nos quedamos viendo a Sabadell mientras dejaba las flores y la gente iba y venía por la plazoleta del Resero, indiferente. El cantor estaba con la cabeza baja, sin decir una palabra. Su voluntad de silencio era tan profunda y dominante que de aquel mediodía sólo recuerdo las sombras fugaces de los vehículos, y la estampa de Sabadell, que parecía desnudo sin su guitarra.

De allí enfilamos rumbo al caserón de la Avenida de los Corrales, continuó Alcira. La propiedad seguía en litigio y ya valía menos que los escombros. Hacía tiempo que habían desguazado el piso de parquet, y los vidrios del techo estaban esparcidos por donde pisaras.

Martel, en silla de ruedas, pidió que lo lleváramos a la cocina. Abrió sin vacilar una de las alacenas, como si la casa le fuera familiar. De allí sacó un pedazo de lata oxidada con hilos de coser pegados, y un ejemplar húmedo de *Rayuela*, que se le deshizo apenas trató de hojearlo. Con esos despojos entre las manos, cantó. Pensé que empezaría con *Volver*, como nos había dicho en el auto, pero prefirió arrancar con *Margarita Gauthier*, un tango escrito por Julio Jorge Nelson, la Viuda de Gardel. *Hoy te evoco emocionado, mi divina Margarita*, di-

136

jo, alzando apenas el tronco. Siguió así, como si levitara. La letra es un almíbar pringoso, pero Martel la convertía en un soneto funerario de Quevedo. Cuando su voz atacó los tres versos más azucarados del tango, advertí que tenía la cara bañada en lágrimas: *Hoy, de hinojos en la tumba donde descansa tu cuerpo, / he brindado el homenaje que tu alma suspiró, / he llevado el ramillete de camelias ya marchitas...* Le puse la mano sobre el hombro para que interrumpiera, porque podía lastimarse la garganta, pero él terminó la canción airoso, descansó unos segundos y le pidió a Sabadell que tañera algunos acordes de *Volver*. Sabadell lo acompañaba con sabiduría, sin permitir que la guitarra compitiera con la voz: su rasguido era más bien una prolongación de la luz que le sobraba a la voz.

Pensé que cuando acabara *Volver* nos iríamos, pero Martel se llevó las manos al pecho, de una manera casi teatral, inesperada en él, y repitió el primer verso de *Margarita Gauthier* al menos cuatro veces, siempre con el mismo registro de voz. A medida que la repetición avanzaba, las palabras iban llenándose de sentido, como si recogieran a su paso las voces que las habían pronunciado en otro tiempo. Recordé que había tenido yo, dijo Alcira, una experiencia parecida al ver algunas películas que dejan clavada una misma imagen por más de un minuto: la imagen no cambia, pero la persona que la mira se va volviendo otra. El acto de ver va transformándose imperceptiblemente en el acto de poseer. *Hoy te evoco emocionado, mi divina Margarita*, cantaba Martel, y las palabras no estaban ya fuera de nuestro cuerpo sino incorporadas al torrente de la sangre, ¿podés entender eso, Bruno Cadogan?, me preguntó Alci-

137

ra. Le respondí que había estudiado hacía mucho tiempo una idea parecida del filósofo escocés David Hume. Cité: La repetición nada cambia en el objeto que repite, sino en el espíritu que la contempla. Fue así, me dijo Alcira. Esa frase define con claridad lo que sentí. Cuando aquel mediodía oí a Martel cantar por primera vez *mi divina Margarita*, no me pareció que modificara los *tempi* de la melodía, pero a la segunda o a la tercera ocasión advertí que espaciaba sutilmente cada palabra. Es posible que también espaciara las sílabas, aunque mi oído no es tan fino para descubrirlo. *Hoy te evoco emocionado*, cantaba, y la Margarita del tango regresaba al caserón como si el tiempo no hubiera pasado, con el cuerpo de veinticuatro años atrás. *Hoy te evoco emocionado*, decía, y yo sentía que ese conjuro bastaba para que se desvanecieran los vidrios del piso y se apagaran las telarañas y el polvo.

Diciembre 2001

El desencuentro con Martel en la plazoleta del Resero me trastornó. Perdí el rumbo de lo que escribía y también el rumbo de mí mismo. Pasé varias noches en el Británico observando el desolado paisaje del parque Lezama. Cuando regresaba a la pensión y conseguía dormir, cualquier ruido inesperado me despertaba. No sabía qué hacer con el insomnio y, desconcertado, salía a caminar por Buenos Aires. A veces me desviaba desde la derruida Estación Constitución, sobre la que tanto había escrito Borges, hacia los barrios de San Cristóbal y Balvanera. Las calles parecían todas iguales y, aunque los diarios llamaban la atención sobre los continuos asaltos, yo no sentía el peligro. Cerca de Constitución circulaban bandas de chicos que no tendrían más de diez años. Salían de sus refugios en busca de comida, protegiéndose los unos a los otros, y pedían limosna. Se los veía dormir en los huecos de los edificios, cubriéndose la cara con diarios y bolsas de residuos. Muchas personas estaban viviendo a la intemperie y, donde una noche veía dos, a la noche siguiente encontraba tres o cuatro. Desde Constitución caminaba por San José o Virrey Cevallos hasta la Avenida de Mayo, y luego atravesaba la Plaza de los Dos Congresos, cuyos bancos estaban ocupados por familias de miserables. Más de una vez pasé las horas de desvelo en la esquina de Rincón y México, espiando la casa de Martel, pero siempre fue en vano. Sólo un mediodía lo vi salir de allí con Alcira Villar —aunque no supe que era ella sino semanas después— y, cuando traté de alcanzarlo en un taxi, una manifestación de jubilados me cerró el paso.

Aunque la ciudad era plana y cuadriculada, no conseguía orientarme, por la monotonía de los edificios. Nada es tan difícil como advertir las sutiles mudanzas de lo que es idéntico, como sucede en los desiertos y en el mar. Las confusiones me paralizaban a veces en una esquina cualquiera y, cuando salía del pasmo, era para dar vueltas en redondo en busca de un café. Por fortuna, había cafés abiertos a toda hora, y en ellos me sentaba a esperar que, con las primeras claridades de la mañana, las casas recuperaran un perfil que me permitiera reconocerlas. Sólo entonces regresaba a la pensión en taxi.

El insomnio me debilitó. Tuve alucinaciones en las que algunas fotos de la Buenos Aires de comienzos del siglo XX se superponían con imágenes de la realidad. Me asomaba al balconcito de mi pieza y, en lugar de los edificios vulgares de la acera de enfrente, veía la terraza de Gath & Chaves, una tienda que había desaparecido de la calle Florida cuarenta años atrás, en la que señores tocados con sombreros de paja y damas de pecheras almidonadas bebían tazas de chocolate ante un horizonte erizado de agujas y miradores vacíos, algunos de ellos coronados por estatuas helénicas. O veía pasar los absurdos muñecos que se empleaban en la década del 20 para las propagandas de analgésicos y aperitivos. Las escenas irreales se sucedían durante horas, y en ese tiempo yo no sabía dónde estaba mi cuerpo, porque el pasado se instalaba en él con la fuerza del presente.

Casi todas las noches me encontraba con el Tucumano en el Británico. Discutíamos una y otra vez sobre el mejor medio para desalojar a Bonorino del sótano, sin ponernos de acuerdo. Quizá no se trataba de los medios sino de los fines. Para mí, el aleph —si existía— era un objeto precioso que no podía ser compartido. Mi amigo, en cambio, pretendía degradarlo, convirtiéndolo en una curiosidad de feria. Habíamos averiguado que, a la muerte del noble búlgaro, el residencial fue vendido a unos rentistas de Acassuso, propietarios de otras veinte casas de inquilinato. Convinimos en que yo les escribiría una carta denunciando al bibliotecario, que no pagaba alquiler desde 1970. Íbamos a perjudicar así al admininistrador de las fincas y quizás a la pobre Enriqueta. Nada de eso inquietaba al Tucumano.

Hacia finales de noviembre, la Universidad de Nueva York me envió una remesa de dinero inesperada. El Tucumano sugirió que olvidáramos la estrechez bohemia de la vida en la pensión y fuéramos a dormir una noche a la suite del último piso del hotel Plaza Francia, desde donde se divisaban la Avenida del Libertador y algunos de sus palacios, así como las boyas de la costa norte, que titilaban sobre las aguas inmóviles del río. Aunque no se trataba de un hotel de primera clase, esa habitación costaba trescientos dólares, más de lo que permitían mis recursos. No quería negarme, de todos modos, y pagué por adelantado una reserva para el viernes siguiente. Pensábamos cenar antes en uno de los restaurantes de la Recoleta que servían *cocina de autor*, pero aquel día sucedió un percance inesperado: el gobierno anunció que sólo se podría retirar de los bancos un porcentaje ínfimo del dinero depositado. Temí quedarme con los bolsillos vacíos. Desde el mismo instante del súbito aviso —demasiado tarde ya para cancelar el hotel—, nadie quiso aceptar tarjetas de crédito y el valor del dinero se volvió impreciso.

Llegamos al Plaza Francia cerca de la medianoche. El aire tenía color de fuego, como si presagiara tormenta, y los faroles del alumbrado público parecían envueltos por capullos acuosos. De vez en cuando pasaba un auto por la avenida, a marcha lenta, aturdido. Me pareció que una pareja se besaba al pie de la estatua ecuestre del general Alvear, debajo de nuestro balcón, pero en verdad todas eran sombras y no estoy seguro de nada, ni siquiera de la paz con que me quité las ropas y me tiré en la cama. El Tucumano se quedó fuera un rato, escudriñando el perfil del Río de la Plata. Regresó a la suite de mal humor, con picaduras de mosquitos.

La humedad, dijo.

La humedad, repetí. Como en Kuala Lumpur. Menos de un año atrás, yo confundía las dos ciudades. Tal vez pasó, le conté, porque leí una historia sobre mosquitos que sucedió aquí, en febrero de 1977. Un enervante tufo a pescado invadió entonces Buenos Aires. En las costas, ensanchadas por la sequía, aparecieron millones de dorados, pejerreyes y bagres en proceso de descomposición, envenenados por los desechos de fábricas que los militares amparaban. La dictadura había impuesto una censura de hierro y los diarios no se atrevieron a publicar ni una palabra del suceso, pese a que los habitantes, a través de sus sentidos, lo confirmaban a toda hora. Como el agua de las canillas tenía un extraño color verdoso y parecía infectada, los que no eran pobres de solemnidad agotaron en los almacenes las provisiones de sodas y jugos de frutas envasados. En los hospitales, donde se esperaba una epidemia de un día para otro, se aplicaban a diario miles de vacunas contra la fiebre tifoidea.

Una tarde, desde las ciénagas, se alzó una nube de mosquitos que oscureció el cielo. Sucedió de pronto, como si se tratara de una plaga bíblica. La gente se cubrió de ronchas. En el área de cuarenta manzanas al norte de la Catedral, donde se concentran los bancos y casas de cambio, el tufo del río era intolerable. Algunos apresurados transeúntes que debían hacer transacciones de dinero se habían cubierto la cara con máscaras blancas, pero las patrullas policiales los obligaban a quitárselas y a exhibir los documentos de identidad. Por la calle Corrientes, la gente caminaba con espirales encendidas y, pese a la furia del calor, en algunas esquinas se encendían fogatas para que el humo ahuyentara a los mosquitos. La plaga se retiró tan imprevistamente como había llegado. Sólo entonces los diarios publicaron, en las páginas interiores, informaciones breves que tenían un título común, "Fenómeno inexplicable".

Mientras dormíamos en el hotel, se alzó a las dos de la mañana un viento feroz. Tuve que levantarme a cerrar las ventanas de la suite. El Tucumano se despertó entonces, y me preguntó a quién estaba yo mirando desde el balcón.

A nadie, le dije. Y le hablé del viento.

No mientas, me contestó. Mentís tanto, que ya nunca sé si alguna vez me has dicho la verdad.

Acercáte, mirá el cielo, dije. Está despejado ahora. Se ven las estrellas sobre el río.

Siempre estás cambiándome de tema, Bruno. ¿Qué me importa el cielo? Lo único que me importa son tus mentiras. Si querés el ale para vos solo, decímelo francamente. Ya te hice el aguante. Ahora me da lo mismo quedarme de a pie. Pero no me engrupás, titán.

Le juré que no sabía de qué me hablaba, pero él seguía ansioso, eléctrico, como si estuviera pasado de droga. Me arrodillé a su lado, junto a la cama, y le acaricié la cabeza, tratando de calmarlo. Fue inútil. Me dio la espalda y apagó la luz.

El humor del Tucumano me resultaba incomprensible. No teníamos compromisos entre nosotros y cada uno era dueño de hacer lo que le pareciera mejor, pero cuando yo me quedaba trabajando hasta el amanecer en el Británico, iba a buscarme y me hacía escenas públicas de celos que me avergonzaban. Me pedía hazañas o regalos difíciles de hacer, para ponerme a prueba, y apenas yo empezaba a satisfacer sus deseos, se alejaba. No saber de veras lo que pretendía de mí era tal vez lo que más me atraía.

Cansado, me dormí. Tres horas después desperté sobresaltado. Estaba solo en la suite. Sobre la mesa del vestíbulo, el Tucumano había dejado un mensaje a lápiz: "Me voi, titan. Te dejo el ale de erencia. Otro dia me lo pagás". Repasé los hechos de aquella noche para entender qué podía haberlo molestado y no encontré nada. Quise marcharme del hotel en ese momento, pero era una locura bajar y pedir la cuenta sin más explicaciones. Durante media hora o más estuve sentado en la salita de la suite con la mente en blanco, sumido en ese estado de desesperanza que convierte en imposibles hasta los movimientos más sencillos. No me atrevía a cerrar los ojos por temor a que la realidad me abandonara. Vi cómo avanzaba sobre mí el resplandor ceniciento de la mañana y cómo el aire, que tan húmedo me había parecido la noche anterior, se adelgazaba hasta la transparencia.

Me incorporé con esfuerzo, como si me hubieran puesto sobre los hombros un cuerpo enfermo, y fui al balcón a contemplar el amanecer. El globo del sol, descomunal e invasor, se alzaba sobre la avenida, y sus lenguas de oro lamían los parques y los suntuosos edificios. Dudo que haya existido otra ciudad de tan suprema belleza como la Buenos Aires de aquel instante. El tránsito era caudaloso, inusual para una madrugada de sábado. Cientos de automóviles se movían a paso lento por la avenida, mientras la luz, antes de caer desangrada entre las hojas de los árboles, embestía el bronce de los monumentos y quemaba la cresta de las torres. La cúpula del Palais de Glace, bajo mi balcón, fue hendida de pronto por una espada de fulgor. En algunos de sus salones se había bailado el tango en la década de 1920, y en otros —conocidos como Vogue's Club— habían tocado el sexteto de Julio de Caro y la orquesta de Osvaldo Fresedo. Mientras el sol ascendía y su disco se tornaba más pequeño y enceguecedor, una luz púrpura barrió la fachada del Museo de Bellas Artes, en cuyas salas yo había contemplado dos semanas atrás las minuciosas escenas de la batalla de Curupaytí que Cándido López pintó con la mano izquierda entre 1871 y 1902, después de que la derecha fuera destrozada al estallar el casco de una granada.

Tuve entonces la impresión de que Buenos Aires quedaba suspendida e ingrávida en esa claridad de hielo, y temí que, atraída por el sol, desapareciera de mi vista. Todos los malos presentimientos de una hora antes se me disiparon. No creí tener derecho a la desdicha mientras veía cómo la ciudad ardía dentro de un círculo que reflejaba otros más altos, como los que Dante advierte en el centro del paraíso.

Las sensaciones puras suelen mezclarse con las ideas impuras. Fue en ese momento, creo, cuando, luego de proponerme describir en una carta al Tucumano el espectáculo que se había perdido, completé otra muy diferente, dirigida a los rentistas de Acassuso, en la que denunciaba la ocupación ilegal del sótano, durante más de treinta años, por el bibliotecario Sesostis Bonorino. No sé cómo explicar que, mientras pensaba en la

145

luz deslumbradora que había visto, mi mano redactaba frases innobles. Habría querido decirle a mi amigo que, como extraños a Buenos Aires, él y yo erámos quizá más sensibles que los nativos a su hermosura. La ciudad había sido erigida en el confín de una llanura sin matices, entre pajonales inservibles tanto para la alimentación como para la cestería, a orillas de un río cuya única gracia es su anchura descomunal. Aunque Borges trató de atribuirle un pasado, el que ahora tiene es también liso, sin otros hechos heroicos que los improvisados por sus poetas y pintores, y cada vez que uno toma en las manos cualquier fragmento de pasado, lo ve disolverse en un monótono presente. Siempre fue una ciudad en la que abundaban los pobres y se debía caminar a saltos para esquivar las cagadas de perros. Su única belleza es la que le atribuye la imaginación humana. No está rodeada por el mar y las colinas, como Hong Kong y Nagasaki, ni la atraviesa una corriente por la que han navegado siglos de civilización, como Londres, París, Florencia, Budapest, Ginebra, Praga y Viena. Ningún viajero llega a Buenos Aires porque está de paso en el camino hacia otra parte. Más allá de la ciudad no hay otra parte: a los espacios de nada que se abren al sur ya los llamaban, en los mapas del siglo XVI, Tierra del Mar Incógnito, Tierra del Círculo y Tierra de los Gigantes, que eran los nombres alegóricos de la inexistencia. Sólo una ciudad que ha renegado tanto de la belleza puede tener, aun en la adversidad, una belleza tan sobrecogedora.

Partí del hotel antes de las ocho de la mañana. Como no tenía ganas de regresar a la pensión, donde los alborotos de los sábados solían ser enloquecedores, me refugié en el Británico. El café estaba vacío. Solitario, el mozo barría las colillas de los desvelados. Saqué del bolsillo la carta para los rentistas de Acassuso y volví a leerla. Era laboriosa, maligna, y, aunque yo no tenía intención de firmarla, todo en ella me delataba. Contenía, en resumen, los datos que me había confiado Bonorino. Ni por un instante pensé en el daño que le causaba al bibliotecario. Sólo quería que lo expulsaran del sótano para verificar a mis anchas si el aleph existía, como todo lo indicaba. Y saber qué pasaría en mí cuando lo contemplara.

Poco antes del mediodía volví a mi cuarto. Me quedé allí unas horas tratando de avanzar en la escritura de la tesis, pero fui incapaz de concentrarme. La inquietud acabó venciéndome y salí en busca del Tucumano, que aún dormía en la azotea. Esperaba que, al ver la carta, demostrara gratitud, felicidad, entusiasmo. Nada de eso. Protestó porque lo había despertado, la leyó con indiferencia, y me pidió que lo dejara en paz.

Durante los días que siguieron anduve de un lado a otro de la ciudad con la misma tristeza que había sentido antes del amanecer en el hotel Plaza Francia. Caminé por Villa Crespo tratando de encontrar la calle Monte Egmont, donde vivía el protagonista de *Adán Buenosayres*, otra de las novelas sobre las que había escrito durante mi Maestría, pero ninguno de los vecinos supo decirme dónde estaba. "Desde la calle Monte Egmont no subía ya el aroma de los paraísos", les recité, por si la frase les refrescaba el sentido de orientación. Lo único que gané fue que se alejaran de mí.

El siguiente viernes a mediodía, cuando arreciaba el calor, me adentré en el cementerio de la Chacarita.

Algunos mausoleos eran extravagantes, con portales de vidrio que permitían observar el altar interior y los ataúdes cubiertos con mantillas de encaje. Otros estaban adornados por estatuas de niños a los que alcanzaba un rayo, marinos que divisaban con un catalejo el imaginario horizonte, y matronas que ascendían al cielo llevando sus gatos en brazos. La mayoría de las tumbas, sin embargo, constaba de una lápida y una cruz. Al entrar en una de las avenidas, me salió al paso una estatua de Aníbal Troilo tocando el bandoneón con ademán pensativo. Más allá, los colores crudos de Benito Quinquela Martín adornaban las columnas que flanqueaban su sepulcro, y hasta el propio ataúd del pintor lucía arabescos chillones. Vi águilas de bronce que volaban sobre un bajorrelieve de la Cordillera de los Andes, y un mar de granito en el que se adentraba la poetisa Alfonsina Storni, mientras a su lado se estrellaban los automóviles funerarios de los hermanos Gálvez. Cuando me detuve ante el monumento a Agustín Magaldi, que había sido novio de Evita Perón y seguía tañendo la guitarra de su eternidad, oí a lo lejos unos lamentos desgarradores e imaginé que se trataba de un entierro. Caminé hacia el tumulto. Tres mujeres enlutadas, con la cara cubierta por un velo, lloraban al pie de la estatua de Carlos Gardel, al que le habían encendido un cigarrillo entre los labios verdosos, mientras otras mujeres dejaban coronas de flores ante la Madre María, cuyo talento para los milagros mejoraba con el paso de los años, según decían las placas de su tumba.

A eso de las dos y media de la tarde me alejé por la avenida Elcano y caminé hacia el norte, con la esperanza de llegar alguna vez al campo o al río. La extensión de la urbe, sin embargo, era invencible. Recordé un cuento de Ballard, que imagina un mundo hecho sólo de ciudades unidas por puentes, túneles y casi imperceptibles corrientes de navegación, donde la humanidad se asfixia como en un hormiguero. En las calles por las que anduve esa tarde nada evocaba, sin embargo, los edificios colosales de Ballard. Estaban sombreadas por árboles viejos, jacarandás y plátanos, que protegían mansiones neoclásicas y coloniales, entre las que se alzaban algunas pajareras presuntuosas. Cuando advertí que había llegado a la calle José Hernández, en el barrio de Belgrano, imaginé que debía estar cerca de la quinta donde el autor de *Martín Fierro* había vivido sus últimos años felices, a pesar del creciente desdén de los críticos por ese libro —que apenas treinta años después de su muerte, en 1916, sería exaltado por Lugones como el "gran poema épico nacional"— y de las crueles batallas por federalizar la ciudad de Buenos Aires, en las cuales él había sido uno de los paladines. Hernández era un hombre de físico imponente y vozarrón tan poderoso que en la Cámara de Diputados se lo llamaba "Matraca". En los banquetes de Gargantúa que brindaba en la quinta, a la que se llegaba desde el centro tras varias horas de cabalgata, los comensales de Hernández admiraban tanto su apetito como su erudición, que le permitía citar los textos completos de leyes romanas, inglesas y jacobinas de las que nadie había oído hablar. Lo atormentaban los "sofocos", como él llamaba a sus ataques de glotonería, pero no podía parar de comer. Una miocarditis lo postró en la cama durante cinco meses, hasta que murió una mañana de octubre, rodeado por una familia que

149

sumaba más de cien parientes en primer grado, todos los cuales pudieron oír sus últimas palabras: "Buenos Aires... Buenos Aires..."

Pese a que recorrí la extensión entera de la calle José Hernández, no encontré ni una sola referencia a la quinta. Advertí en cambio placas de homenaje a próceres menores de la literatura, como Enrique Larreta y Manuel Mujica Láinez, en la fachada de mansiones que estaban sobre las calles Juramento y O'Higgins. Después de algunas vueltas desemboqué en las Barrancas de Belgrano, que en tiempos de Hernández habían sido el confín de la ciudad. Allí, el parque diseñado por Charles Thays poco después de la muerte del poeta estaba ahora cercado por abrumadores edificios de departamentos. Una fuente decorada con valvas y peces de mármol, y un gazebo que quizá servía para las retretas dominicales, era todo lo que había sobrevivido del pasado campestre. El río se había retirado más de dos kilómetros, y era imposible verlo. En un cuadro de refinada belleza, *Lavanderas en el Bajo de Belgrano*, Prilidiano Pueyrredón pintó la calma que solía tener ese arrabal. Aunque el título del óleo alude a mujeres en plural, sólo muestra una, con un niño en brazos y un gigantesco atado de ropa sobre la cabeza, mientras otro atado aun mayor es cargado por el caballo que viene detrás, sin jinete. Sobre la suave curva de las barrancas, entonces solitarias y salvajes, hendían sus raíces dos ombúes, en franca batalla con la bravura del río, cuyas playas eran holladas por los pies de la lavandera a esa hora temprana de la madrugada. Buenos Aires tenía entonces un color verde, casi dorado, y ningún futuro empañaba la desolación de su única colina.

Cuando ya oscurecía, regresé cansado al residencial. Un alboroto cruel me esperaba. Mis vecinos de pieza arrojaban colchones, frazadas y bultos de ropa por la pendiente de la escalera hasta el vestíbulo. En la cocina, Enriqueta sollozaba con la mirada fija en el piso. Del sótano subía el siseo hacendoso de las fichas de Bonorino. Me acerqué a Enriqueta, le ofrecí té y traté de consolarla. Cuando logré que hablara, yo también sentí que se me acababa el mundo. Una y otra vez me zumbaba en la imaginación un poema de Pessoa que empieza *Si te quieres matar, ¿por qué no te quieres matar?*, y por más que daba manotazos, no lo podía separar de mí.

A las tres de la tarde —me contó Enriqueta—, dos oficiales de justicia y un notario habían llegado a la pensión con órdenes de desalojar a todos los inquilinos. Exigieron los comprobantes de pago y devolvieron el dinero de los que estaban al día. Por lo que entendí, los propietarios habían vendido la casa a un estudio de arquitectos, y éstos querían ocuparla cuanto antes. Cuando Bonorino leyó la notificación judicial, que concedía sólo veinticuatro horas de plazo para la mudanza, se quedó inmóvil en el vestíbulo, de pie, en un estado de ausencia del que no lograban sacarlo los gritos de Enriqueta, hasta que finalmente se llevó la mano al pecho, dijo "Dios mío, Dios mío", y desapareció en el sótano.

Aunque la carta que yo había enviado a los rentistas de Acassuso nada tenía que ver con lo que estaba pasando, de todos modos me habría gustado deshacer el curso del tiempo. Me descubrí repitiendo otra frase de Pessoa: *Dios tenga piedad de mí, que no la tuve de nadie.* Cuando un autor o una melodía me daban vueltas en la cabeza, tardaba una eternidad en espantarlos. Y, además, Pessoa. ¿Quién, entre tanta desesperanza, podía querer a un poeta desesperado? *Pobre Bruno Cadogan, que a nadie le importa. Pobre Bruno Cadogan, que tiene tanta pena de sí mismo.*

Mis manos, además, estaban atadas. No podía ayudar a nadie. Había gastado idiotamente doscientos dólares en una sola noche del hotel Plaza Francia y no podía sacar de los bancos la miseria que me quedaba. Y más valía que no siguieran pagándome las becas, porque estaban incautando todas las remesas. Ya el domingo había tratado de rescatar algunos pesos sumándome a las filas larguísimas que se formaban frente a los cajeros automáticos. Tres de los cajeros agotaron sus reservas antes de que yo hubiera avanzado diez metros. Otros cinco estaban secos, pero la gente no quería aceptarlo y repetía las operaciones de búsqueda, a la espera de algún milagro.

Hacia la medianoche, los vecinos de la pieza de al lado me contaron, alborozados, que iban a refugiarse en Fuerte Apache, donde vivían unos parientes. Cuando se lo conté a Enriqueta, reaccionó como si se tratara de una tragedia.

Fuerte Apache, dijo, separando las sílabas. Yo no iría ni loca. No sé cómo se les ocurre llevar ahí a las pobres criaturas.

Me atormentaba la culpa y, sin embargo, no tenía de qué culparme. O sí: después de todo, yo había sido tan dañino y cobarde como para enviar a los avaros de Acassuso la carta inútil en la que acusaba a Bonorino, aprovechándome de sus confesiones en el sótano. En Buenos Aires, donde la amistad es una virtud cardinal y redentora, como se deduce de la letra de los tangos, todo delator es un canalla. Hay por lo menos seis palabras que lo designan con escarnio: soplón, buche, botón, batidor u ortiba, alcahuete. Estaba seguro de que el Tucumano me consideraba una persona despreciable. Me había pedido más de una vez que escribiera la carta, pensando que me dejaría cortar las manos antes de hacerlo. Para alguien que, como yo, creía que el lenguaje y los hechos se vinculaban de manera literal, la actitud de mi amigo era difícil de entender. A mí también me había costado delatar. Y, sin embargo, el aleph me había importado más que la indignidad.

Volví a ver a la mujer gigantesca que lavaba una blusa en el bidet la tarde de mi llegada. Bajaba por las escaleras con un colchón sobre las espaldas, esquivando con gracia los obstáculos. El cuerpo se le deshacía en sudor, pero el maquillaje se mantenía intacto sobre los ojos y los labios. La vida canta igual para todos, dijo al verme, pero no sé si hablaba conmigo o con ella misma. Yo estaba parado en medio del vestíbulo, sintiéndome otro mueble de la escenografía. En ese momento me di cuenta de que cantar y delatar son verbos sinónimos.

Por la penumbra de la escalera asomó la cabeza calva de Bonorino. Traté de alejarme, para no enfrentar su cara. Pero él había salido del sótano para hablar conmigo.

Baje, Cadon, por favor, me dijo. Yo estaba ya habituándome a las mutaciones de mi apellido.

Las fichas habían desaparecido de la escalera, y la lóbrega vivienda, por cuyas ventanas a ras de la calle entraba apenas una luz avara, me recordó la galería principal de la cueva que Kafka describió en "La guarida", seis meses antes de morir. Así como el roedor del cuento amontonaba sus provisiones contra una de las paredes, complaciéndose con la diversidad e intensidad de los olores que despedían, también Bonorino daba saltitos ante los cajones de fruta que le habían servido de veladores y que ahora, apilados sobre otros cinco o seis más, tapiaban el minúsculo baño y la cocinilla. En ellos guardaba las posesiones que había salvado. Logré identificar el diccionario de sinónimos, las camisas y el calentador de gas. Las paredes estaban sombreadas por la huella de los papeles pegados allí durante años, y el único mueble que seguía en su sitio era el catre, aunque desnudo ahora, sin sábanas ni almohadas. Bonorino apretaba contra su pecho el cuaderno de contabilidad donde había anotado las informaciones dispersas en las fichas de colores. La cenicienta lámpara de veinticinco vatios iluminaba apenas su cuerpo giboso, sobre el que parecían haberse desplomado las desgracias del mundo.

Infaustas nuevas, Cadon, me dijo. La luz del conocimiento ha sido condenada a la guillotina.

Lo siento, mentí. Nunca se sabe por qué suceden estas cosas.

Yo en cambio puedo ver todo lo que se ha perdido: la cuadratura del círculo, la domesticación del tiempo, el acta de la primera fundación de Buenos Aires.

Nada se va a perder si usted está bien, Bonorino. ¿Le puedo pagar el hotel por unos días? Hágame ese favor.

Ya acepté el convite de otros expulsados, que me darán refugio en Fuerte Apache. Usted es foráneo, no tiene por qué hacerse cargo de nada. Sirvamos a Dios en las cosas posibles y quedemos contentos con desear las imposibles, como dijo Santa Teresa.

Recordé que Carlos Argentino Daneri estaba desesperado cuando le anunciaron que demolerían la casa de la calle Garay, porque si lo privaban del aleph no podría terminar un ambicioso poema titulado "La Tierra". Bonorino, que había invertido treinta años en las laboriosas entradas de la Enciclopedia Patria, me pareció en cambio indiferente. Yo no sabía cómo preguntarle con delicadeza sobre su tesoro. Podía aludir al espacio pulido que había debajo del último peldaño, al dibujo del Stradivarius que había entrevisto en mi anterior visita. Él mismo me facilitó la solución.

Cuente entonces conmigo para lo que sea, le dije, hipócrita.

Precisamente. Iba a pedirle que conserve este cuaderno, que es la destilación de mis desvelos. Ya me lo devolverá antes de repatriarse. He oído que en Fuerte Apache conviven los ratones y los ladrones. Si pierdo las fichas, nada pierdo. Contienen sólo borradores y copias de la imaginación ajena. Lo que verdaderamente he creado está en el cuaderno y no sabría cómo protegerlo.

Ni siquiera me conoce, Bonorino. Yo lo podría vender, traicionar. Podría publicar su obra con mi nombre.

Usted jamás me traicionaría, Cadon. En nadie más confío. No tengo amigos.

Esa declaración candorosa me reveló que el bibliotecario no podía tener el aleph. Le habría bastado contemplarlo sólo una vez para descubrir que el Tucumano y yo lo habíamos traicionado. Tampoco Carlos Argentino Daneri, en el cuento de Borges, había podido prever la demolición de su casa. En el punto luminoso que reproducía el paraíso de Dante, no se podía ver el futuro, por lo tanto, ni se podía ver la realidad. Los hechos simultáneos e infinitos que contenía, el inconcebible universo, eran sólo residuos de la imaginación.

Yo creí que, por lo menos, usted tenía el aleph, arriesgué.

Me miró y echó a reír. En su enorme boca sólo quedaban cinco o seis dientes.

Tiéndase bajo el escalón decimonono y compruebe usted mismo si lo tengo, dijo. He gastado cientos de noches ahí, en posición decúbito dorsal, esperando verlo. Tal vez en el pasado hubo un aleph. Ahora se ha desvanecido.

Me sentí mareado, perdedor, infame. Tomé el cuaderno de contabilidad, que pesaba casi tanto como yo, y no quise aceptar el volumen sobre los laberintos que le había prestado.

Quédeselo todo el tiempo que quiera, le dije. Lo va a necesitar más que yo en Fuerte Apache.

Ni siquiera me dio las gracias. Me observó de arriba abajo con un descaro que contradecía su habitual untuosidad. Lo que hizo a continuación fue aún más extravagante. Se puso a recitar, con voz rítimica y bien modulada, un rap villero, mientras batía palmas: *Ya vas a ver que en el Fuerte / se nos revienta la vida. / Si vivo, vivo donde todo apesta. / Si muero, será por una bala perdida.*

No está nada mal, le dije. No le conocía esas habilidades.

No seré Martel pero me defiendo, respondió.

Jamás habría pensado que conocía a Martel.

156

¿Cómo? ¿A usted le gusta Martel?

¿Y a quién no?, me dijo. El jueves pasado fui a visitar a un compañero de la biblioteca en Parque Chas. Alguien nos avisó que estaba en una esquina, cantando. Llegó de improviso y se mandó tres tangos. Alcanzamos a oír dos. Fue supremo.

Parque Chas, repetí. No sé dónde queda.

Acá nomás, entrando a Villa Urquiza. Curioso vecindario, Cadon. Las calles son redondas y hasta los taxis se pierden. Es una lástima que no aparezca en el libro de Prestel, porque de los muchos laberintos que hay en el mundo, ése es el más grande de todos.

CINCO

Diciembre 2001

Cuando cerraron la pensión de la calle Garay me alojé en un hotel modesto de la avenida Callao, cerca del Congreso. Aunque mi habitación daba a un patio interno, el bochinche del tránsito era enloquecedor a cualquier hora. Intenté reanudar el trabajo en los cafés cercanos, pero en todos ellos la gente entraba y salía atropelladamente, quejándose a los gritos del gobierno. Preferí regresar al Británico, donde al menos conocía las rutinas. Allí supe, por el mozo, que el Tucumano exhibía su aleph de espejitos en el sótano de un sindicato, al que accedía repartiendo los beneficios con el sereno. A la función de la primera noche habían acudido diez o doce turistas, pero la segunda y la tercera se suspendieron por falta de público. Supuse que, desoyendo mis consejos, el Tucumano omitía la lectura del fragmento de Borges que yo le había indicado: *Vi el populoso mar, vi el alba y la tarde, vi las muchedumbres de América, vi una plateada telaraña en el centro de una ne-*

gra pirámide, vi un laberinto roto (era Londres). Desamparada de ese texto, la ilusión que creaba el aleph debía de ser precaria, y sin duda los turistas se marchaban desencantados. Engañar a diez oyentes era, sin embargo, un éxito colosal en aquellas semanas desasosegadas. Nadie tenía dinero en Buenos Aires (yo tampoco), y los visitantes huían de la ciudad como si se avecinara la peste.

Al anochecer, cuando rugía el tránsito y mi inteligencia era derrotada por la prosa de los teóricos poscoloniales, me entretenía hojeando el cuaderno de contabilidad de Bonorino, que abundaba en laboriosas definiciones ilustradas de palabras como facón, piolín, Uqbar, yerba mate, fernet, percal, a la vez que incluía un extenso apartado sobre los inventos argentinos, como la estilográfica a bolita o birome, el dulce de leche, la identificación dactiloscópica y la picana eléctrica, dos de los cuales se deben no al ingenio nativo sino al de un dálmata y un húngaro.

Las referencias eran inagotables y, si abría el volumen al azar, nunca tropezaba con la misma página, como sucede en *El libro de arena*, que Bonorino citaba con frecuencia. Una tarde, distraído, encontré un largo apartado sobre Parque Chas, y mientras lo leía, pensé que ya era tiempo de conocer el último barrio donde había cantado Martel. Según informaba el bibliotecario, el paraje debe su nombre a unos campos infértiles heredados por el doctor Vicente Chas, en cuyo centro se alzaba la chimenea de un horno de ladrillos. Poco antes de morir en 1928, el doctor Chas libró un pleito enconado con el gobierno de Buenos Aires, que pretendía clausurar el horno por el daño que causaba a los pulmones de los vecinos, a la vez que impedía prolongar hacia el oeste el trazado de la Avenida de los Incas, bloqueado por la brutal chimenea. La verdad era que el municipio eligió ese lugar para ejecutar un ambicioso proyecto radiocéntrico de los jóvenes ingenieros Frehner y Guerrico, cuyo diseño copiaba el dédalo sobre los pecados del mundo y la esperanza del paraíso que está bajo la cúpula de la iglesia San Vitale, en Ravenna.

Bonorino conjeturaba, sin embargo, que el trazado circular del barrio obedecía a un plan secreto de comunistas y anarquistas para proporcionarse refugio en tiempos de incertidumbre. Su tesis estaba inspirada en la pasión por las conspiraciones que caracteriza a los habitantes de Buenos Aires. ¿Cómo explicar, si no, que allí la diagonal mayor se hubiera llamado La Internacional antes de ser la avenida General Victorica, o que la calle Berlín figurara en algunos planos como Bakunin, y que una pequeña arteria de cuatrocientos metros se llamara Treveris, en alusión a Trier o Trèves, la ciudad natal de Karl Marx?

"Un colega de la biblioteca de Montserrat avecindado en Parque Chas", anotó Bonorino en su cuaderno, "me guió una mañana por ese enredo de zigzags y desvíos hasta llegar a la esquina de Ávalos y Berlín. Para poner a prueba las dificultades del laberinto, insistió en que me alejara cien metros en cualquier dirección y regresara luego por el mismo derrotero. Si tardaba más de media hora, prometía ir en mi busca. Me perdí, aunque no sabría decir si fue a la ida o a la vuelta. *Ya el blanco sol intolerable de las doce del día era el sol amarillo que precede al anochecer,* y por más vueltas que daba, no conseguía orientarme. En un rapto de inspiración, mi colega salió a rastrearme. Oscurecía cuando me vio por fin en la esquina de Londres y Dublin, a pocos pasos del sitio donde nos habíamos separado. Me notó, dijo, desencajado y sediento. Cuando volví de la expedición, me acometió una fiebre persistente. Cientos de personas se han perdido en las calles engañosas de Parque Chas, donde parece estar situado el intersticio que divide la realidad de las ficciones de Buenos Aires. En cada gran ciudad hay, como se sabe, una de esas líneas de alta densidad, semejante a los agujeros negros del espacio, que modifica la naturaleza de los que la cruzan. Por una lectura de viejas guías telefónicas deduje que el peligroso punto está en el rectángulo limitado por las calles Hamburgo, Bauness, Gándara y Bucarelli, donde algunas casas fueron habitadas, hace siete décadas, por las vecinas Helene Jacoba Krig, Emma Zunz, Alina Reyes de Aráoz, María Mabel Sáenz y Jacinta Vélez, convertidas luego en personajes de ficción. Pero la gente del barrio lo sitúa en la Avenida de los Incas, donde están las ruinas del horno de ladrillos."

Lo que decía Bonorino no me permitía entender por qué Martel había cantado en Parque Chas. El delirio sobre la línea divisoria entre realidad y ficción nada tenía que ver con sus intentos anteriores por capturar el pasado —nunca creí que el cantor se interesara por el pasado de la imaginación—, y algunos relatos populares sobre las andanzas del Pibe Cabeza y otros malvivientes por el laberinto carecían de vínculos —en caso de ser ciertos— con la historia mayor de la ciudad.

Pasé dos tardes en la biblioteca del Congreso informándome sobre la vida de Parque Chas. Verifiqué que allí no se habían abierto centros anarquistas ni comunistas. Busqué con prolijidad si algunos apóstoles de la violencia libertaria —como los llamaba Osvaldo Bayer— hallaron refugio en el dédalo antes de ser llevados a la cárcel de Ushuaia o al pelotón de fusilamiento, pero sus vidas habían sucedido en lugares más céntricos de Buenos Aires.

Ya que el barrio me resultaba tan esquivo, fui a conocerlo. Una mañana temprano abordé el colectivo que iba desde Constitución hasta la avenida Triunvirato, enfilé hacia el oeste y me interné en la tierra incógnita. Al llegar a la calle Cádiz, el paisaje se convirtió en una sucesión de círculos —si acaso los círculos pueden ser sucesivos—, y de pronto no supe dónde estaba. Caminé más de dos horas sin moverme casi. En cada recodo vi el nombre de una ciudad, Ginebra, La Haya, Dublin, Londres, Marsella, Constantinopla, Copenhague. Las casas estaban una al lado de la otra, sin espacios de separación, pero los arquitectos se habían ingeniado para que las líneas rectas parecieran curvas, o al revés. Aunque algunas tenían dinteles rosas y otras porches azules —también había fachadas lisas, pintadas de blanco—, era difícil distinguirlas: más de una casa llevaba el mismo número, digamos el 184, y en varias creí observar las mismas cortinas y el mismo perro asomando el hocico por la ventana. Caminé bajo un sol impío sin cruzarme con un alma. No sé cómo desemboqué en una plaza cercada por una reja negra. Hasta entonces sólo había visto edificaciones de una planta o dos, pero alrededor de aquel cuadrado se alzaban torres altas, también iguales, de cuyas ventanas colgaban banderas de clubes de fútbol. Retrocedí unos pasos y las torres se apagaron como un fósforo. Otra vez me vi perdido entre las espirales de las casas bajas. Desandé el camino hacia atrás, tratando de que cada paso repitiera los que había dado en dirección inversa, y así volví a encontrar la plaza, aunque no en el punto donde la había dejado sino en otro, diagonal al anterior. Por un momento pensé que era víctima de una alucinación, pero el toldo verde bajo el cual acababa de estar hacía menos de un minuto brillaba bajo el sol a cien metros de distancia, y en su lugar aparecía ahora un negocio que se postulaba como El Palacio de los Sándwiches, aunque en verdad era un kiosco que exhibía caramelos y refrescos. Lo atendía un adolescente con una enorme gorra de visera que le cubría los ojos. Me alivió ver al fin un ser humano capaz de explicar en qué punto del dédalo nos encontrábamos. Atiné a pedirle una botella de agua mineral, porque me consumía la sed, pero antes de que terminara la oración el muchacho respondió "No hay", y desapareció detrás de una cortina. Durante un rato golpeé las manos para llamar su atención, hasta que me di cuenta que mientras yo estuviera allí no regresaría.

Antes de salir, había fotocopiado de la guía Lumi un mapa de Parque Chas muy detallado, que mostraba las entradas y salidas. En el mapa había un espacio grisado que tal vez fuera una plaza, pero su forma era la de un rectángulo irregular y no cuadrada como la que tenía frente a mí. A diferencia de las callejuelas por las que había caminado antes, en la que ahora estaba no había placas con nombres ni números en la fachada de las casas, por lo que resolví avanzar en línea recta desde el kiosco hacia el oeste. Tuve la sensación de que, cuanto más andaba, más se alargaba la acera, como si estuviera moviéndome sobre una cinta sin fin. Era mediodía según mi reloj, y las casas por las que pasé estaban cerradas y, al parecer, vacías. Tuve la impresión de que también el tiempo estaba desplazándose de manera caprichosa, como las calles, pero ya me daba lo mismo si eran las seis de la tarde o las diez de la mañana. El peso del sol se volvió insoportable. Me moría de sed. Si descubría signos de vida en alguna casa, llamaría y llamaría sin parar hasta que alguien apareciera con un vaso de agua.

Empecé a ver sombras que se movían en una de las calles laterales, a kilómetros de mí, y me sentí tan débil que temí caer desmayado allí mismo, sin que nadie me ayudara. Al poco rato noté que las sombras no eran alucinaciones sino perros que buscaban, como yo, dónde beber y ponerse al reparo, además de una mujer que, a paso rápido, trataba de sortearlos. La mujer venía hacia mí pero no parecía darse cuenta de mi existencia, y yo tampoco discernía en ella sino el sonido de unas pulseras metálicas, que meses después me habrían permitido identificarla aun a ciegas, porque se movían a un ritmo siempre igual, primero un centelleo rápido del metal y luego dos diapasones lentos. Intenté llamarla para que me dijera dónde estábamos —deduje que ella lo sabía porque caminaba con decisión—, pero antes de que pudiera abrir la boca, se esfumó por el quicio de una puerta. Esa señal de vida me alentó y avancé. Pasé junto a otras dos casas sin nadie y a una fachada de ladrillos lustrados, con una ventana de hierro en forma de trébol. Contra lo que esperaba, había también una puerta de dos hojas, una de las cuales estaba abierta. Entré. Fui a dar a un cuarto espacioso y oscuro, con estanterías en las que brillaban unos pocos trofeos deportivos, unas sillas de plástico y dos o tres letreros enmarcados, de orientación moral, con frases como *La calidad se obtiene haciendo las cosas bien una sola vez* y *Son los detalles los que hacen la perfección, pero la perfección no es un detalle.*

Más tarde supe que el decorado del cuarto cambiaba de acuerdo con el humor del encargado, y que a veces, en vez de las sillas, había un mostrador, y botellas de ginebra en los estantes, pero es posible que confunda el lugar con otro al que fui más tarde, aquel mismo día. En los dos por igual se modificaba sin aviso la escenografía, como en una obra de teatro. No recuerdo gran cosa de lo que sucedió a continuación, porque la realidad se me desdibujó y todo lo que viví parecía formar parte de un sueño. Aun hoy seguiría pensando que Parque Chas es una ilusión si no fuera porque la mujer a la que había visto hacía un instante estaba en el cuarto y porque volví a verla fuera de allí muchas otras veces.

Estás mareado, fue lo primero que me dijo la mujer. Sentáte y no te muevas hasta que se te haya pasado.

Sólo quiero un poco de agua, dije. Mi lengua estaba completamente seca y no podía hablar más.

De la oscuridad brotó un hombre alto y pálido, con una barba de dos o tres días, muy oscura. Vestía una camiseta musculosa y un pantalón piyama, y se abanicaba con un cartón. Se me acercó a pasitos cortos, esquivando la deslumbradora claridad de la calle.

No tengo permiso para vender agua, dijo. Sólo gaseosas y soda en sifón.

Lo que sea, le dijo la mujer.

Hablaba con tanto señorío que era imposible no obedecerla. Quizá turbado por la insolación, me pareció en aquel momento que era un ser de irresistible belleza, pero cuando la conocí mejor me di cuenta de que sólo era llamativa. Tenía algo en común con esas actrices de cine de las que uno se enamora sin saber por qué, mujeres como Kathy Bates o Carmen Maura o Anouk Aimée o Helena Bonham Carter, que no son nada del otro mundo pero que hacen sentir feliz a quien las mira.

Esperó a que yo bebiera con lentitud la soda que me ofreció el hombre de la camiseta, cobrándome una suma inusitada por el servicio, diez pesos, que la mujer me obligó a no pagar —Si le das dos pesos, ya es el triple de lo que vale, dijo—, y luego, con aire negligente, pidió un bastón con empuñadura de nácar que debía estar allí en custodia desde hacía más de una semana. El hombre retiró el objeto de uno de los estantes, donde lo ocultaban los trofeos. Era de mango curvo, reluciente. Debajo de las placas de nácar advertí la imagen tradicional de Carlos Gardel que adorna los colectivos de Buenos Aires, con ropas de gaucho y echarpe blanco al cuello. Me pareció una pieza tan única que pedí permiso para tocarla.

No se va a gastar, me dijo la mujer. El dueño ya casi ni lo usa.

El bastón carecía de peso. La madera estaba muy bien trabajada y la imagen de Gardel sólo podía ser obra de un maestro filetero. Mis ponderaciones fueron reprimidas por el hombre de la camiseta, que deseaba cerrar el club —dijo— e irse a dormir. Yo me había repuesto ya y le pregunté a la mujer si no le importaba que saliéramos juntos del laberinto hasta la parada de los colectivos.

Me espera un taxi en la esquina de Triunvirato, dijo. Puedo guiarte hasta ahí.

Aunque de su cartera sobresalía un mapa con varios puntos marcados, ella no parecía necesitarlo. No equivocó el rumbo ni una sola vez. Cuando empezamos a andar, me preguntó cómo me llamaba y qué estaba haciendo allí.

Es raro ver en Parque Chas a una persona que no sea del barrio, dijo. En general, nadie viene ni sale de acá.

Le repetí lo que me había contado Bonorino sobre el recital inesperado de Julio Martel en una esquina. Le hablé de la pasión con que yo estaba buscando al cantor desde hacía meses.

Es una lástima que no nos hayamos conocido antes, me dijo, como si fuera lo más natural del mundo. Vivo con Martel. Te lo podría haber presentado. El bastón que vine a buscar es de él.

La miré bajo la luz calcinada. Caí en la cuenta entonces de que era la misma mujer a la que había visto en la calle México subiendo a un taxi con el cantor. Por increíble que parezca, estaba encontrándola en un laberinto, donde todo se pierde. La creí alta, pero no lo era. Su estatura crecía cuando se la comparaba con la del ínfimo Martel. Tenía un pelo espeso y oscuro, y el sol no la afectaba: caminaba a la intemperie como si su naturaleza fuera también de luz, sin perder el aliento.

Puede presentármelo ahora, dije, sin atreverme a tutearla. Se lo ruego.

No. Ahora está enfermo. Vino a cantar a Parque Chas con una hemorragia interna y no lo sabíamos. Cantó tres tangos, demasiados. Al salir, se desmayó en el auto. Lo llevamos al hospital y se le complicó todo. Está en terapia intensiva.

Necesito hablar con él, insistí. Cuando se pueda. Voy a esperar en el hospital hasta que usted me llame. No me voy a mover de ahí, si no le importa.

Por mí hacé lo que quieras. Martel puede estar semanas, meses, sin que le permitan ver a nadie. No es la primera vez que le pasa. Yo he perdido ya la cuenta de los días que llevo en vela.

Las calles curvas se repetían, monótonas. Si me hubieran preguntado dónde estábamos, habría respondido que en el mismo lugar. Vi otras cortinas iguales en las ventanas y perros también iguales asomando el hocico. Al doblar una esquina, sin embargo, el paisaje cambió y se volvió recto. Durante el corto paseo, conté todo lo que pude sobre mí, tratando de interesar a la mujer en las reflexiones de Borges sobre los orígenes del tango. Le dije que había llegado a Buenos Aires para trabajar en mi disertación y que, cuando se me acabara el dinero, no tendría más remedio que volver a Nueva York. Traté de sonsacarle —en vano— cuánto sabía Martel sobre los tangos primitivos, ya que los había cantado y, a su manera, los había compuesto de nuevo. Le dije que no me resignaba a que todo ese conocimiento muriera con él. Ya entonces habíamos llegado a la avenida Triunvirato. El taxi la esperaba frente a una pizzería.

Martel está en el hospital Fernández de la calle Bulnes, me dijo, con voz maternal. Las visitas de terapia intensiva son por las tardes, de seis y media a siete y media. No creo que podás hablar con él, pero yo voy a estar ahí, siempre.

Cerró la puerta del taxi y el vehículo arrancó. Vi su vago perfil tras los vidrios, una mano que se despedía, displicente, y una sonrisa que apagó el sol tenaz del mediodía, o de la hora que fuera. Le devolví la sonrisa y en ese momento me di cuenta de que ni siquiera sabía cómo se llamaba. Corrí por la mitad de la avenida, esquivando vehículos que iban a toda velocidad, y a duras penas la alcancé en un semáforo. Sin aliento casi, le dije lo que había olvidado.

Ah, qué distraída soy, respondió. Me llamo Alcira Villar.

Ahora que el azar venía en mi ayuda, no iba a permitir que se me escurriera de las manos. Fui educado por una familia presbiteriana cuyo primer mandamiento es el trabajo. Mi padre creía que la buena suerte es un pecado, porque desalienta el esfuerzo. Yo no había conocido a nadie que ganara la lotería o que sintiera la felicidad como un don y no como una injusticia. Sin embargo, la buena suerte llegaba a mi vida una mañana cualquiera, en vísperas del verano, diez mil kilómetros al sur del sitio de mi nacimiento. Mi padre me habría ordenado que cerrara los ojos y huyera de esa tentación. Alcira, dije, Alcira Villar. No podía pensar en otra cosa ni pronunciar otro nombre.

Desde la tarde siguiente me aposté todos los días, a partir de las seis, en una sala contigua a la unidad de terapia intensiva. A veces me asomaba al pasillo y observaba la puerta batiente que se abría a un largo corredor, más allá del cual estaban los enfermos, en el se-

172

gundo piso del hospital. El lugar era limpio, claro, y nada interrumpía el denso silencio de los que esperábamos. A través de las ventanas se veía un patio con canteros de flores. A veces entraban los médicos, llamaban aparte a las familias, y se quedaban hablando con ellas en voz baja. Yo los perseguía cuando se retiraban para preguntarles cómo andaba Julio Martel. "Ahí va, ahí va", era todo lo que lograba sacarles. Las enfermeras se compadecían de mi ansiedad y hacían esfuerzos por consolarme. "No se preocupe, Cogan", decían, maltratándome el nombre. "Los que están en terapia intensiva no tienen por qué morir. La mayoría pasa después a las salas comunes y termina volviendo a casa". Yo les hacía notar que Martel no estaba allí por primera vez y que eso no era una buena señal. Entonces meneaban la cabeza y admitían: "Verdad. No es la primera vez".

Con frecuencia, Alcira venía a sentarse conmigo o me pedía que la acompañase a cualquiera de los cafés de la avenida Las Heras. Nunca podíamos hablar en paz, ya fuera porque la llamaban a su teléfono celular para encomendarle alguna investigación que ella invariablemente rechazaba o porque a cada rato desfilaban puñados de manifestantes que pedían comida. Cuando encontrábamos una mesa apartada para sentarnos, siempre éramos interrumpidos por mendigas con los hijitos en brazos, o recuas de chiquillos que me tiraban del pantalón y de las mangas de la camisa para que les diera un terrón de azúcar, la galleta rancia que servían con el café, una moneda. Terminé por volverme indiferente a la miseria porque yo también, sin darme cuenta casi, estaba volviéndome mísero. Alcira, en cambio, los trataba con ternura, como si fueran hermanos perdidos en alguna tormenta y, si el mozo los expulsaba de mala manera del café —lo que sucedía casi siempre—, ella protestaba airada y no quería quedarse allí ni un minuto más.

Aunque yo tenía acumulados unos siete mil dólares en el banco, sólo podía retirar doscientos cincuenta a la semana, después de probar suerte en cajeros automáticos que estaban muy alejados entre sí, a más de una hora de viaje en colectivo. Fui aprendiendo que, en algunos bancos, los fondos de los cajeros se reponían a las cinco de la mañana y se agotaban dos horas más tarde, y en otros el ciclo empezaba a mediodía, pero millares de personas lo aprendían al mismo tiempo que yo y, más de una vez, después de salir de la avenida Chiclana, en Boedo, para llegar a tiempo a la avenida Balbín, al otro extremo de la ciudad, la fila estaba dispersándose porque se había acabado el dinero. Nunca tardé menos de siete horas semanales en reunir los doscientos cincuenta pesos que permitía el gobierno, y tampoco podía imaginar cómo se las arreglaba la gente que trabajaba en horarios fijos.

Cuando mis diligencias en los bancos tenían éxito, me ponía al día con las cuentas del hotel y compraba un ramo de flores para Alcira. Ella dormía poco y los desvelos le habían apagado la mirada, pero disimulaba la fatiga y se la veía alerta, enérgica. Por raro que parezca, nadie la visitaba en el hospital de la calle Bulnes. Los padres de Alcira eran muy ancianos y vivían en algún pueblito de la Patagonia. Martel estaba solo en el mundo. Tenía una fama legendaria de mujeriego pero nunca se había casado, igual que Carlos Gardel.

En la sala próxima a la unidad terapia de intensiva, Alcira me contó fragmentos de la historia que el cantor había ido a recuperar en Parque Chas, donde había llegado con la hemorragia interna ya desatada. Aunque lo noté débil —me dijo—, estuvo muy animado cuando discutió con Sabadell el repertorio de esa tarde. Yo le pedí que cantara sólo dos tangos pero insistió en que fueran tres. La noche anterior me había explicado con pelos y señales lo que aquel barrio significaba para él, dio vueltas alrededor de la palabra barrio, río, barro, bar, orar, ira, arriba, y adiviné que esos juegos ocultaban alguna tragedia y que por nada del mundo faltaría a la cita consigo mismo en Parque Chas. Sin embargo, no me di cuenta de lo mal que estaba hasta que se desplomó, después del último tango. La voz le había fluido con ímpetu y, a la vez, con negligencia y melancolía, no sé cómo decirlo, quizá porque el viento de la voz arrastraba las decepciones, las felicidades, las quejas contra Dios y la mala suerte de sus enfermedades, todo lo que jamás se había atrevido a decir delante de la gente. En el tango, la belleza de la voz importa tanto como la manera en que se canta, el espacio entre las sílabas, la intención que envuelve cada frase. Ya habrás notado que un cantor de tango es, ante todo, un actor. No un actor cualquiera, sino alguien en quien el oyente reconoce sus propios sentimientos. La hierba que crece sobre ese campo de música y palabras es la silvestre, agreste, invencible hierba de Buenos Aires, el perfume de yuyos y de alfalfa. Si el cantor fuera Javier Bardem o Al Pacino con la voz de Pavarotti, no soportarías ni una estrofa. Ya viste cómo Gardel triunfa con su voz bien educada pero arrabalera allí donde fracasa Plácido Domingo, que podría haber sido su maestro pero que al cantar *Rechiflao en mi tristeza* sigue siendo el Alfredo de *La Traviata*. A diferencia de esos dos, Martel no se concede la menor facilidad. No suaviza las sílabas para que la melodía se deslice. Te sume en el drama de lo que está cantando, como si fuera los actores, la escenografía, el director y la música de una película desdichada.

Era, es verano, como sabés, dijo Alcira. Podías oír la crepitación del calor. Martel estaba vestido esa tarde con la ropa formal de las presentaciones en los clubes. Llevaba un pantalón a rayas, un saco negro cruzado, una camisa blanca abotonada hasta arriba y el echarpe de su madre, que se parecía al de Gardel. Se había puesto zapatos de tacos altos, que le entorpecían el paso más de lo usual, y maquillaje en las ojeras y los pómulos. Por la mañana, me había pedido que le tiñera el pelo de oscuro y que le planchara los calzoncillos. Usé una tintura firme y un fijador que mantenía el peinado seco y brillante. Tenía miedo de que, al sudar, le cayeran sobre la frente hilos de negrura, como a Dirk Bogarde en la escena final de *Muerte en Venecia*.

Parque Chas es un sitio apacible, dijo Alcira. Lo que sucede en cualquier punto del barrio se sabe al mismo tiempo en todos. Los chismes son el hilo de Ariadna que atraviesa las paredes infinitas del laberinto. El auto que nos llevaba se detuvo en la esquina de Bucarelli y Ballivian, junto a una casa de tres plantas pintada de un raro color ocre, muy claro, que parecía arder bajo la última luz de la tarde. Como tantos otros solares de la zona, ocupaba un espacio triangular, con unas ocho ventanas en la segunda planta y dos a la altura de la calle, más tres ventanas en la terraza. La puerta de entrada estaba hundida en el vértice de la ochava, como la úvula de una garganta profunda. Enfrente se amodorraba uno de esos negocios que sólo existen en Buenos Aires, las galletiterías. En los años prósperos, exhibían bizcochos de variedades insólitas, desde estrellas de jengibre y cubos rellenos con miel de asfódelo hasta redondeles de jazmín, pero la decadencia argentina los había envilecido, convirtiéndolos en despachos de gaseosas, caramelos y peines. A partir de la esquina de Ballivian, la calle Bucarelli se alzaba en pendiente, una de las pocas que interrumpen la lisura de la ciudad. Dos *grafitti* recién pintados declaraban "Masacre palestina" y, bajo una imagen benévola de Jesús, "Qué bueno es estar con vos".

Apenas Sabadell desenfundó la guitarra, las calles que parecían desiertas empezaron a poblarse de gente inesperada, me dijo Alcira: jugadores de bochas, vendedores de lotería, matronas con los ruleros mal puestos, ciclistas, contadores con mangas de lustrina y las jóvenes coreanas que estaban en la galletitería. Los que llevaban sillas plegadizas las colocaron en semicírculo ante la casa ocre. Pocos habían visto a Martel alguna vez y quizá ninguno lo había oído. Las escasas imágenes que se conocen del cantor, publicadas en el diario *Crónica* y en el semanario *El Periodista*, en nada se parecen a la figura hinchada y envejecida que llegó a Parque Chas aquella tarde. Desde una de las ventanas cayó un aplauso y la mayoría hizo coro. Una mujer pidió que cantara *Cambalache* y otra insistió en *Yira, yira*, pero Martel alzó los brazos y les dijo: "Disculpen. En mi repertorio omito los tangos de Discépolo. He venido a cantar otras letras, para evocar a un amigo".

No sé si leíste alguna historia sobre la muerte de Aramburu, me dijo Alcira. Sería imposible. Pedro Eugenio Arambru. ¿Por qué sabrías algo de eso, Bruno, en tu país, donde nada ajeno se sabe? Aramburu fue uno de los generales que derrocó a Perón en 1955. Durante los dos años que siguieron ocupó la presidencia de facto, consintió el fusilamiento sin juicio de veintisiete personas y ordenó que el cadáver de Eva Perón fuera sepultado al otro lado del océano. En 1970, se aprestaba a recuperar el poder. Un puñado de jóvenes católicos, enarbolando la cruz de Cristo y la bandera de Perón, lo secuestró y lo condenó a muerte en una finca de Timote. La casa ocre de la calle Bucarelli fue uno de los refugios donde se tramó el atentado. El Mocho Andrade, que había sido compañero de juegos de Martel, era uno de los conjurados, pero nadie lo supo. Se fugó sin dejar rastros, sin dejar memoria, como si jamás hubiera existido. Cuatro años más tarde apareció en la casa de Martel, contó su versión de los hechos, y esa vez sí desapareció para siempre.

Era difícil seguir el relato de Alcira, interrumpido por las súbitas recaídas del cantor en la unidad de terapia intensiva. Lo mantenían a flote con un respirador artificial y continuas transfusiones de sangre. Lo que he anotado es un rompecabezas de cuya claridad no estoy seguro.

Andrade, el Mocho, era sólido, enorme, oscuro como el cantor, pero con el pelo indócil y una voz atiplada, de hiena. Su madre ayudaba a la señora Olivia en los trabajos de costura y, cuando las mujeres se reunían por las tardes, al Mocho no le quedaba otro remedio que acompañar al inválido Estéfano. Se habituaron a jugar a las cartas y a compartir las novelas que retiraban de la biblioteca municipal de Villa Urquiza. Estéfano era un lector voraz. Mientras uno tardaba dos semanas en leer *Los hijos del capitán Grant,* el otro empleaba una en *La isla misteriosa* y *Veinte mil leguas de viaje submarino,* que sumaban el doble de páginas. Fue el Mocho quien investigó en los kioscos de parque Rivadavia y de la calle Corrientes dónde estaban enmoheciéndose los ejemplares perdidos de la revista *Zorzales del 900* y fue también él quien convenció a su madre, a la señora Olivia y a una vecina que dieran otra vuelta en el tren fantasma mientras Estéfano grababa *El bulín de la calle Ayacucho* en la cabina electroacústica de un parque de diversiones.

Así como uno soñaba con ser un cantor de tango seductor y gallardo, el otro quería ser un fotógrafo épico. Al inválido lo desalentaban las piernas raquíticas, la ausencia de cuello, la vergonzosa joroba. A Mocho lo perdía la voz, que aun a los veinte años se le desbarrancaba en gallos y graznidos. En noviembre de 1963, junto a otros dos conspiradores, arrastró por la calle Libertad, en pleno centro de Buenos Aires, un busto de Domingo Faustino Sarmiento, mientras gritaba por un altoparlante: "¡Acá va el bárbaro asesino del Chacho Peñaloza!" La escena pretendía ser insultante: la voz del Mocho la volvió ridícula. Aunque llevaba su cámara de fotos al cuello para captar la indignación de los transeúntes, el fotografiado fue él, en la primera página del vespertino *Noticias Gráficas.* Por esa época, Estéfano comenzó a cantar en los clubes.

Su amigo aparecía en mitad del recital, avanzaba hacia el escenario y le tomaba un par de fotos con flash. Luego, desaparecía. En los primeros días del otoño de 1970, se cruzaron en la noche del Sunderland y en una mesa del fondo bebieron por el pasado. Martel era ya Martel y todos lo llamaban así, pero para el Mocho seguía siendo Téfano.

Un día de éstos, le dijo, me voy a Madrid y vuelvo en el avión negro con Perón y Evita.

A Perón no lo van a dejar entrar los militares, lo corrigió Martel. Y nadie sabe dónde está el cadáver de Evita, si acaso no la tiraron al mar.

Ya vas a ver, insistió el Mocho.

Meses más tarde, Aramburu fue secuestrado por algunos jóvenes que fueron a buscarlo a su propia casa. Lo juzgaron durante dos días y al amanecer del tercero lo ejecutaron con un balazo en el corazón. Durante semanas, los conspiradores fueron buscados en vano, hasta que una mañana de julio la filial cordobesa de ese pequeño ejército, que se hacía llamar Montoneros, quiso apropiarse de La Calera, un pueblito de las sierras. El secuestro de Aramburu había sido una obra maestra de estrategia militar; la toma de La Calera, en cambio, reveló una torpeza insuperable. Dos de los guerrilleros murieron, otros cayeron heridos, y entre los documentos que la policía descubrió esa tarde estaban las claves del secuestro de Aramburu. Todos los nombres de los conspiradores fueron descifrados menos uno, FAP. Los investigadores del ejército atribuyeron esas letras a la sigla de otra organización, Fuerzas Armadas Peronistas, que dos años antes había invadido los montes de Taco Ralo, al sur de Tucumán. Eran, sin embargo, las inicia-

180

les de Felipe Andrade Pérez, alias el Ojo Mágico, alias el Mocho.

Durante seis meses, Andrade ocupó un cuarto en la casa ocre de la calle Bucarelli. En reuniones que duraban hasta el amanecer, discutía allí los detalles del secuestro de Aramburu con los otros conjurados. Su misión consistía en ayudar al dueño de casa, ciego de un ojo e inhábil con el otro, a dibujar los planos del departamento donde vivía el ex presidente y a fotografiar el garaje contiguo de la calle Montevideo, el bar El Cisne —que estaba en la esquina— y el puesto de revistas de la avenida Santa Fe, donde siempre había gente. Memorizaban las fotos, tomaban notas y luego quemaban los negativos. Dos semanas antes de la fecha elegida para el secuestro, el Mocho diseñó el itinerario de la fuga. Fue él quien encontró los descampados donde el prisionero debía ser trasladado de un vehículo a otro; fue también él quien decidió que el último vehículo, una camioneta Gladiator, llevara una carga hueca de fardos de alfalfa, dentro de la cual viajaría el secuestrado y los hombres que debían vigilarlo. Lo que más le importaba de aquella aventura era registrar con su cámara cada uno de los pasos: la salida de Aramburu del edificio de la calle Montevideo custodiado por dos falsos oficiales del ejército; el terror de su cara en la Gladiator; los interrogatorios en la finca de Timote, donde lo llevaron para juzgarlo; el anuncio de la condena a muerte, el momento de la ejecución. A última hora, sin embargo, le ordenaron que se quedara en la casa de la calle Bucarelli, para que comandara la eventual retirada. Los conspiradores grabaron cada una de las palabras que Aramburu balbuceó o dijo durante aquellos días, pero no tomaron fotografías.

El jefe del operativo, que era un aficionado, trató de registrar su imagen recortada sobre una pared blanca, pero el rollo se rompió al apretar el obturador por quinta vez y las tomas se perdieron.

Quedar al margen de la aventura decepcionó tanto al Mocho que desapareció de Parque Chas sin avisar, como tantas otras veces. Los conspiradores temieron que los denunciara, pero su naturaleza no era la de un traidor. Se alojó bajo nombres falsos en una pensión de mala muerte, y a la semana siguiente regresó a la calle Bucarelli a buscar su ropa. La casa estaba vacía. En el laboratorio fotográfico, sobre la pileta de revelado, encontró los negativos de tres fotos tomadas, sin duda, por el torpe y cegato dueño del lugar. Identificó las imágenes al instante, porque sus compañeros las habían enviado a todos los diarios de la mañana, y algunos las exhibieron en la primera página. Una reproducía los dos bolígrafos Parker, el pequeño calendario y la traba de corbata que Aramburu llevaba cuando lo capturaron; otra exhibía su reloj de pulsera; la tercera, una medalla entregada en mayo de 1955 por el Regimiento 5 de Infantería. Pensó que era una grave torpeza no haber destruido los negativos, y los quemó allí mismo, con la llama de su encendedor. No advirtió que el pequeño rectángulo con la imagen de la medalla se le cayó por una ranura casi invisible, entre la pileta de revelado y una pared de mampostería. Los investigadores del ejército lo encontraron allí cuarenta días más tarde, cuando el desastre de La Calera ya había descifrado las claves del secuestro.

La historia que te he contado debería terminar en ese punto, me dijo Alcira, pero es allí donde en verdad empieza. Al día siguiente del episodio cordobés, cuando todos los diarios publicaron los nombres y las fotos de los secuestradores de Aramburu, el Mocho se presentó en la casa de Martel y pidió refugio. No dijo de qué huía ni quiénes lo acosaban. Sólo dijo: "Téfano, si no me guardás, me mato". Estaba transformado. Se había teñido el pelo de rubio, pero como lo tenía enhiesto, de acero, en vez de pasar inadvertido sobresalía como un flash. Las uñas tenían un sospechoso color herrumbre, por el ácido de los revelados fotográficos, y sobre el labio le crecía un bigote hirsuto, resistente a la tintura. La voz seguía inconfundible, pero casi no hablaba. Cuando lo hacía, mantenía el tono al nivel del susurro: atiplado, eso sí, agudo como el chillido de un perro moribundo.

En esa época, Martel pasaba quiniela en la funeraria, y vivía al borde de la ley, temiendo que algún apostador desairado lo denunciara a la policía. Tampoco él quería enterarse de nada. La señora Olivia ocultó al Mocho en el cuarto de costura, se aisló del mundo manteniendo la radio encendida a todas horas, y esperó sin inquietarse la llegada de alguna tragedia, aunque no sabía por qué. Nada pasó. Durante los días que siguieron, el Mocho se levantaba puntualmente a las siete, hacía flexiones en el patio y se encerraba en el cuarto de costura a leer *Los hermanos Karamazov*. Debió de leerlo al menos dos veces, porque nada más lo distraía, aparte de las noticias de la radio. Cuando Estéfano volvía de la funeraria, jugaban a las cartas, como en la adolescencia, y el cantor le daba a leer la letra de los tangos prehistóricos que había restaurado. Una noche, a comienzos de agosto, el Mocho desapareció sin dejar

183

explicaciones, como siempre. Estéfano esperó que reapareciera esa víspera de Navidad, cuando la señora Andrade tuvo un infarto masivo y fue internada de urgencia en el hospital Tornú, pero aunque los servicios solidarios de la televisión difundieron la noticia, no acudió a verla ni tampoco fue al entierro, dos días más tarde. Parecía que la tierra lo hubiera devorado.

En los años que siguieron pasó de todo. El gobierno militar devolvió a Perón la momia de Evita, que estaba intacta en una ignorada tumba de Milán. Durante algún tiempo, el general no supo qué hacer con ella: al final, prefirió conservarla en el altillo de su casa madrileña. Después regresó a Buenos Aires. Mientras un millón de personas lo esperaba cerca del Aeropuerto de Ezeiza, las facciones rivales del peronismo se atacaron con fusiles, horcas y manoplas. Un centenar de combatientes murió y el avión del general aterrizó lejos de las hogueras. Perón fue elegido presidente de la República por tercera vez, pero ya estaba quebrado, enfermo, sometido a las voluntades de su secretario y astrólogo. Gobernó nueve meses, hasta que lo fulminó la fatiga. El astrólogo y la viuda, mujer de pocas luces, tomaron las riendas del poder. A mediados de octubre de 1974, los Montoneros secuestraron al ex presidente Aramburu por segunda vez. Se llevaron el ataúd de su majestuoso mausoleo en el cementerio de la Recoleta y exigieron, para devolverlo, que se repatriaran los restos de Evita. En noviembre, el astrólogo viajó en secreto a Puerta de Hierro en un vuelo especial de Aerolíneas Argentinas y regresó con la ilustre momia. El ataúd de Aramburu apareció esa misma mañana en una camioneta blanca abandonada en la calle Salguero.

Alcira me contó que, la noche anterior al trueque, el Mocho Andrade se presentó en la casa de Martel tan fresco como si jamás se hubiera ido. Ya no estaba teñido ni gastaba bigotes. Sólo unas patillas largas, a la moda de la época, y pantalones muy anchos en los tobillos. Le pidió a la señora Olivia que cocinara tallarines con salsa de carne, bebió dos botellas de vino y cuando le hacían alguna pregunta, rompía a cantar con su voz de gallos y medianoche los versos de *Caminito: He venido por última vez, he venido a contarte mi mal.* Se dio una ducha y, al salir, preguntó si en el Sunderland seguían las animadas milongas de los fines de semana. Esa noche, Martel debía cumplir dos turnos de guardia en la funeraria, pero el Mocho lo obligó a faltar. Le planchó el traje negro de las galas y le eligió una camisa blanca mientras desentonaba: *Ahora, cuesta abajo en mi rodada / las ilusiones pasadas / ya no las puedo arrancar.*

Quería desahogarse de su historia, me dijo Alcira. Cuanto más alegre parecía, tanto más lo desgarraba lo que había vivido. Martel consiguió una mesa en una esquina apartada del Sunderland, lejos del paso de la gente, y pidió una botella de ginebra.

Yo secuestré a Aramburu, dijo el Mocho después de la primera copa, con una voz sin arrugas, como si acabara de ponérsela. Estuve en el primer secuestro y en el segundo, el del cadáver. Pero ya ha terminado todo. Van a encontrar el ataúd mañana por la mañana.

A Martel le pareció que las parejas se detenían en mitad de la pista de baile, que la música se retiraba y el tiempo quedaba congelado en su cristal de ninguna parte. Temió que los vecinos de las otras mesas oyeran, pero el tango de los altavoces derrotaba todos los demás sonidos y, cada vez que la orquesta llegaba al acorde final, el Mocho encendía un cigarrillo, callado.

Estuvieron allí hasta las cinco de la madrugada, fumando y bebiendo. Al principio, la historia que contó no tenía pies ni cabeza, pero poco a poco fue adquiriendo sentido, aunque el Mocho nunca reveló dónde había estado los últimos tres años ni por qué, después de verlo abandonar la casa de la calle Bucarelli, los Montoneros aceptaron que tomara parte del segundo secuestro, que era aún más arriesgado. Parte de lo que Andrade dijo aquella noche había sido publicado por los propios autores del primer secuestro en una revista montonera, pero el final de la trama era entonces desconocido y aún hoy sigue pareciendo inverosímil.

Soy un aventurero, como sabés, la disciplina militar me lastima, le dijo el Mocho a Martel, y así me lo contó Alcira. He tenido pocos amigos, y a todos los he ido perdiendo. Uno de ellos murió en La Calera; dos más cayeron por torpeza en una pizzería de William Morris. Las mujeres de las que me enamoré fueron dejándome, una detrás de la otra. También me abandonó Perón, que dejó el país desquiciado, en las manos de una viuda histérica y de un brujo asesino. Sólo me quedan vos y alguien del que no puedo repetir el nombre.

Hace tres meses conocí a un poeta. No cualquiera. Uno de los grandes. *Dicen que soy el mejor poeta nacional,* ha escrito. *Dicen, y a lo mejor es cierto.* Nos encontrábamos casi todas las noches en su casa de Belgrano, junto al puente donde la calle Ciudad de La Paz es cortada por las vías del tren. Hablábamos de Baudelaire, de René Char y de Boris Vian. A veces, jugábamos a las cartas, tal como vos y yo en otros tiempos. Yo sabía que, po-

186

co antes de la vuelta de Perón, el poeta había estado preso en la cárcel de Villa Devoto, y que era un militante mítico: lo contrario de místico, Téfano, un gozador de la comida, de las mujeres, de la ginebra. Pequeño burgués, le decía yo. Y él me replicaba: pequeño nunca. Yo soy un gran burgués.

Una noche, en su casa, después de algunas copas, me preguntó si me asustaba la oscuridad. Vivo en la oscuridad, le dije. Soy fotógrafo. La penumbra es mi elemento. Ni la oscuridad ni la muerte ni el encierro. Sos, entonces —me dijo— uno de mis hombres. Había preparado un plan perfecto para robar el cadáver de Aramburu.

Empezamos a las seis de la tarde, dos días después. Éramos cuatro militantes. Nunca supe, nunca voy a saber quiénes eran los otros audaces. Entramos al cementerio de la Recoleta por la puerta principal y nos ocultamos en uno de los mausoleos. Hasta la una de la madrugada estuvimos inmóviles. Nadie habló, nadie se atrevió a toser. Yo me entretenía trenzando los hilos de unas carpetas que encontré en el suelo. El sitio estaba limpio. Olía a flores. Era pleno octubre, la noche cálida. Al salir del encierro, teníamos las piernas entumecidas. El silencio nos quemaba las gargantas. A veinte pasos, en una avenida central, estaba la bóveda de Aramburu. Violentarla y retirar el ataúd fue sencillo. Más trabajo nos dieron los candados del cementerio, que hicieron un ruido atroz cuando los rompimos. Una lechuza voló entre los álamos y lanzó un silbo que me pareció de mal agüero. Afuera, sobre la calle Vicente López, nos esperaba el furgón robado a una funeraria. La calle estaba desierta. Sólo nos vio una pareja que salía de los telos de la calle Azcuénaga. Se persignaron al ver el ataúd, y apuraron el paso.

Recordarás, me dijo Alcira, que Isabel y el astrólogo López Rega habían ordenado en esos meses la construcción de un altar de la patria, en el que pensaban reunir los cadáveres de los próceres adversarios. La avenida Figueroa Alcorta estaba rota a la altura de Tagle, y los autos se enredaban en un desvío dibujado por algún urbanista del cubismo. El edificio que se proyectaba era una pirámide faraónica: a la entrada iba a estar el mausoleo de San Martín. Detrás, los de Rosas y Aramburu. En lo alto de la pirámide, Perón y Evita. Sin Aramburu, el proyecto quedaba incompleto. Cuando el brujo advirtió que le habían robado uno de sus cadáveres, montó en cólera. Lanzó una turba de policías para que peinaran las calles de Buenos Aires en busca del cuerpo perdido. Quién sabe cuántos inocentes habrán sido asesinados esos días. Aramburu estaba allí, sin embargo, a la vista de todos.

Poco antes del operativo en la Recoleta —le dijo el Mocho a Martel, y Alcira me lo repetiría mucho después—, el poeta había incautado uno de esos camiones cisterna que se usan para el transporte de nafta y querosén. No me preguntés cómo lo hizo, porque nunca nos lo contó. Sólo sé que durante un mes por lo menos nadie iba a notar que faltaba. El camión era nuevo, y los mecánicos de los montoneros habían abierto una puerta por la que se llegaba al tanque desde abajo. En lo alto, invisibles, se abrían tres respiraderos que dejaban pasar el aire y, a veces, algo de luz. Al poeta se le había ocurrido ocultar allí el cadáver y pasearlo por la ciudad, a la vista de los esbirros. Si sucedía algún accidente, debíamos proteger el trofeo con la propia vida. Uno de nosotros montaría guardia dentro del tanque, con un arsenal para las emergencias. Calculamos para cada uno turnos de ocho días en la oscuridad, y cuarenta y ocho horas al volante del camión. A veces nos estacionaríamos en lugares seguros, otras veces iríamos a la deriva por Buenos Aires. El de la cabina debía mantenerse alerta. El que iba en la cisterna disponía de un colchón y una letrina. Éramos cuatro, como dije. Echamos los turnos a la suerte. Al poeta le tocó el primero. A mí, el último. El azar dispuso, a la vez, que yo manejara durante las cuarenta y ocho horas iniciales.

El plan se fue cumpliendo sin el menor tropiezo. Llevamos el ataúd hasta la tierra de nadie que hay entre la cancha de River Plate y los blancos del Tiro Federal, y allí lo mudamos del furgón al tanque. El poeta me permitió tomar fotos durante cinco minutos pero, antes de que nos dispersáramos, entregó la cámara en custodia a otro de los compañeros.

Ya vas a sacar todas las fotos que quieras cuando te toque ir adentro, dijo.

Me puse al volante. Nadie más estaba en la cabina. En la guantera llevaba una Walther nueve milímetros y, al alcance de la mano, un walkie-talkie para informar, a intervalos regulares, cómo andaba todo. Atravesé la ciudad de un extremo al otro, hasta la madrugada. El camión era dócil y doblaba con elegancia. Descendí primero por la avenida Callao, luego retomé por Rodríguez Peña y enfilé hacia Combate de los Pozos, Entre Ríos y Vélez Sársfield. Era la primera vez que andaba sin rumbo, sin plazos, y sentí que sólo de esa manera la vida valía la pena. A la altura del Instituto Malbrán entré en Amancio Alcorta y luego me desvié al norte, a Boedo y Caballito. Iba despacio, para ahorrar nafta. Las calles estaban llenas de baches y era difícil evitar los barquinazos. La voz del poeta me sobresaltó:

En ninguna parte se escribe mejor que en las tinieblas, dijo.

No sabía que el tanque podía comunicarse con la cabina del camión a través de una pestaña de aire casi imperceptible, que se abría desde atrás de la letrina.

Voy a llevarte a Parque Chas, dije.

Que el punto de llegada sea el punto de partida, contestó. Siempre vamos a tener la culpa de todo lo que ocurra en el mundo.

Cuando empezó a clarear, estacioné el camión en la esquina de Pampa y Bucarelli y salí a comprar café y bizcochos. Luego crucé las vías del ferrocarril y me detuve a un costado del club Comunicaciones. Nadie podía vernos. Abrí la entrada de la cisterna y le dije al poeta que bajara a estirar las piernas.

Me despertaste, se quejó.

Tenemos pocas paradas, dije. Y es mejor salir ahora y no cuando te esté enloqueciendo la claustrofobia.

Apenas lo vi alejarse unos pasos, eché una mirada al interior del tanque. A pesar de los respiraderos, el aire era pesado y a la altura de la cabeza flotaba un olor agrio y a la vez seco, que no se parecía a ningún otro. Ceniza rancia, me dije, aunque toda ceniza lo es. Cal y flores. Abrí el ataúd. Me sorprendió que la chapa de protección estuviera desprendida, porque cuando lo retiramos del cementerio no oí el ruido de piezas sueltas. La sombra que yacía allí dentro debía de ser nomás la de Aramburu: tenía enlazado un rosario en lo que alguna vez fueron sus dedos y, sobre el pecho, llevaba la medalla del Regimiento 5 de Infantería que habían encontrado en la calle Bucarelli. La mortaja estaba deshilachada y lo que quedaba del cuerpo era muy poca cosa, casi las migajas de un niño.

Apoyado en uno de los guardabarros del camión, el poeta mordía un bizcocho.

No tiene sentido ir de un lado para otro, dijo. Me sentí madame Bovary viajando toda la noche con su amante por los suburbios de Ruán.

Yo era el cochero, dije, y no estaba tan desesperado como el de la novela por bajarme en un bodegón.

Habría sido mejor que te bajaras y te quedaras quieto. A mí se me pasó el tiempo escribiendo un poema, a la luz de la linterna. Si enganchamos un camino monótono, te lo leo.

Cuando retomamos la marcha, elegí el camino más monótono que conozco: la avenida General Paz, en la frontera norte y la oeste de Buenos Aires.

Tinieblas para mirar —me dijo el poeta, desde el tanque—. Se están agotando las pilas. En cualquier momento voy a quedar ciego. *Veo / jactancias y humildades / apócrifas y bastante / sufrimiento disimulado. Veo la luz / compartida de las inconsciencias, veo, / veo, una ramita, de qué color: no puedo decirlo.*

Siguió así. Leyó el poema completo y siguió con otros hasta que la linterna se le fue enturbiando y apagando. *Veo y quisiera descansar / un poco, se entiende.* Veo poco, dijo. A eso de las seis de la tarde fuimos a cargar nafta a la casa operativa, bajamos un momento a tomar café y sentí el peso del día en el cuerpo. No tenía sueño ni sentimientos ni deseos y hasta podría decir que ya no pensaba. Sólo el tiempo se movía dentro de mí en alguna dirección que no sé precisar, el tiempo se retiraba de la infancia sin infancia que compartimos —le dijo el Mocho Andrade a Martel, y Alcira me lo repitió después, en la misma primera persona que había ido pasando de una persona a otra—, y por alguna razón se perdía en lo que quizás era mi vejez, todos éramos viejísimos en alguna ráfaga perdida de aquel día.

Vi al poeta salir de las tinieblas de la cisterna con la edad de su padre. La cercanía de la muerte lo había desquiciado: un mechón de pelo le caía, como siempre, sobre la frente, pero estaba desteñido y mustio, y la mandíbula ancha, de buey, se le estaba desplomando. Esa noche acampamos en parque Centenario y al amanecer del otro día me puse a dar vueltas por Parque Chas, donde los vecinos no se sorprendieron cuando el camión pasaba una vez y otra vez por las calles con nombres de ciudades europeas: Berlín, Copenhague, Dublin, Londres, Cádiz, en las que el paisaje, aunque era siempre el mismo, tenía vetas de bruma u olor a puerto, como si realmente atravesáramos esos lugares remotos. Una vez más me perdí en el enredo de las calles, pero esa mañana lo hice a propósito, para que el tiempo se me fuera yendo en encontrar una salida. Seguía la curva de la calle Londres y sin saber cómo ya estaba en la *dear dirty* Dublin de Jimmy Joy, sí, o el camión retozaba por el Tiergarten rumbo al Muro de Berlín, saludando a los vecinos que se mostraban siempre indiferentes, porque ya estaban acostumbrados a que los vehículos se desconcertaran en Parque Chas y fueran abandonados por los choferes.

Después que dejé el camión dormí dos días seguidos, y cuando tomé de nuevo el volante, una semana después, el poeta había volado de la cisterna. Advertí que la danza de las rondas no permitiría que volviéramos a encontrarnos sino al final, cuando a mí me tocara custodiar el cadáver. A comienzos de noviembre cayó sobre Buenos Aires un sol incandescente. Yo vivía a la espera de que me llamaran para los relevos, durmiendo en hoteles ruinosos del Bajo con otra identidad. Cada cinco horas llamaba por teléfono a la casa operativa, para indicar que seguía vivo. Habría querido ver al poeta, pero sabía que era imprudente. Oí que el camión se desplazaba casi siempre cerca del puerto, disimulado entre centenares de otros camiones que iban y venían de las dársenas, y que la vida en la cisterna se estaba volviendo intolerable. Quizás Aramburu había encontrado también otro infierno en ese viaje perpetuo.

Una madrugada, a eso de las tres, fueron a buscarme para que cumpliera mi condena de ocho días en el tanque. Tenía ya preparada mi mochila de fotógrafo, en la que llevaba dos cámaras, doce rollos, dos linternas potentes con pilas de repuesto y un termo con café. Me habían advertido que no tomara fotos durante la noche, y que a la luz del día interrumpiera de inmediato cualquier trabajo si el sol dejaba de filtrarse por los respiraderos. Reprimí una arcada al entrar en la cisterna. Aunque acababan de limpiarla y desinfectarla, el olor era ponzoñoso. Me sentí en una de esas cuevas donde los topos acumulan insectos y lombrices. A la fuerza de gravedad que la muerte imponía en el aire, se sumaba el olor orgánico de los cuerpos que me habían precedido y el recuerdo de las heces que habían vertido. Los fantasmas no querían retirarse. ¿Cómo el poeta había podido encontrar su lengua en aquella tiniebla? *Estoy por abrir las puertas*, había escrito, *por cerrar / los ojos y no mirar / más allá de mis narices, no oler, no tocar el nombre de Dios en vano.*

Me tendí, disponiéndome a dormir hasta que amaneciera. En el colchón se habían formado desfiladeros y jorobas, la superficie estaba un poco pringosa, no quería quejarme, no sentía que aquello fuera el fin de la juventud. Me desperté al rato porque el camión se zarandeaba, como si el compañero del volante manejara con descuido por un camino de fango. Me acerqué a la pestaña de ventilación y le dije:

¿Querés que cante para entretenerte? Tengo una voz única. Fui solista en el coro de la escuela.

Si me vas a ayudar, no hables, no cantes —me respondió. Era una chica—. No tenés voz de persona, graznás como un bicho.

El que había comenzado la marcha conmigo era uno de los dos desconocidos del cementerio. No supe cuándo la chica lo había reemplazado. O quizá viajaran dos en la cabina.

¿Son dos, ustedes?, quise saber. ¿Y el poeta? Le tocaba manejar a él en este viaje.

Nadie dijo nada. Me sentí el último sobreviviente del mundo.

Seguimos dando vueltas, sin detenernos nunca. Oía de vez en cuando motores de aviones, el tableteo rápido de algún tren y ladridos de perros. Ni siquiera pude orientarme cuando salió el sol y fijé las dos linternas

en salientes opuestas del camión para que, al encender-
se, la luz diera de lleno sobre el cadáver. La persona
que estaba al volante del camión, fuera quien fuese, era
inhábil. Caía en todos los baches y se dejaba atrapar
por todos los desniveles. Tuve miedo de que tantos saltos no me permitieran apagar las linternas a tiempo si
entrábamos en alguna penumbra.

Voy a encender unas luces acá, avisé, a través de la
pestaña de ventilación. Den dos golpes cuando estemos
cerca de un túnel.

Dieron dos golpes, pero la luz del sol siguió en su sitio durante diez, quince minutos. Bebí café caliente del
termo y comí dos bizcochos de grasa. Después, probé la
firmeza de mi pulso. Debía mantener el objetivo abierto, sin temblores, por cinco segundos al menos. Iluminé
el antro. Sólo entonces me di cuenta de que, debajo del
cuerpo de Aramburu había otro, en una caja de madera
de embalar. Era un poco más grande y no portaba medallas ni rosarios, pero la mortaja que lo cubría era casi
idéntica. Si no hubiera visto los despojos verdaderos algunas semanas atrás no habría sabido discernir quién era
quién, y aun ahora tenía dudas. Tomé por lo menos tres
rollos completos de los difuntos, en planos generales y
primeros planos. Cuando los revelara, estaría seguro. Al
cabo de hora y media volví al colchón. Quién sabe cuánto tiempo llevábamos sin detenernos. No podíamos tardar mucho en regresar a la casa operativa. De pronto,
nos deslizamos por una pendiente y advertí que estábamos en Parque Chas. Luego de unas pocas vueltas en
círculo, el camión se movió con soltura en línea recta y
salió del laberinto. Así seguimos hasta que cayó la noche.
Se me habían agotado el café y los víveres, las piernas me

dolían y dentro de mi cabeza había una nube densa, que me entorpecía los sentidos. Ni siquiera me di cuenta cuando hicimos un alto. Como tardaban en abrir la puerta de la cisterna, llamé y llamé, sin que nadie respondiera. Así estuve largo rato, resignado a sucumbir en compañía de aquellos muertos. Poco antes de la madrugada me liberaron. A duras penas me mantuve de pie en el patio de la casa operativa, junto a los estribos de la cabina vacía. Alguien que parecía el jefe, un petiso de barba roja al que jamás había visto, me indicó un jergón en el altillo y ordenó que no saliera de ese piso hasta que me llamaran. Creí que iba a dormirme en el acto, pero el aire fresco me despabiló y, asomado a la ventana, contemplé el patio con la mente en blanco, mientras la luz viraba del gris al rosa, de allí al amarillo y a las glorias de la mañana. Una chica con un matorral de rulos oscuros se acercó al camión, desprendiéndose del agua de la ducha como un perrito, y examinó el contenido de la cisterna. Adiviné que era ella quien había viajado en la cabina, y sentí un ramalazo de vergüenza porque, en la estupidez de la asfixia, había olvidado retirar mis heces. Era ya avanzada la mañana cuando una camioneta blanca estacionó al lado de la cisterna. El sueño me vencía pero yo estaba allí, despierto, sin poder apartar los ojos del patio, cuyas baldosas parecían arder. Supongo que más allá se abría una calle o un campo, no lo sé, ya nunca voy a saberlo. Tres hombres desconocidos bajaron el ataúd de Aramburu: lo reconocí, porque había fotografiado hasta la náusea el crucifijo de la tapa, con una aureola dorada sobre los brazos abiertos del Cristo y, debajo, la sucinta placa en la que se leía el nombre del general y los años de su vida. La chica de los rulos ordenaba cada uno de

los movimientos del cadáver: Pónganlo a un costado, sobre la tarima, despacio, sin rayar la madera. Descúbran-
lo. Dejen lo que hay adentro sobre el catre. Lentos, lentos. Que nada se mueva de lugar.

El sopor se me disipó cuando descubrí lo que estaba
sucediendo. Había que tener un estómago de hierro para no sentir horror ante los dos ataúdes abiertos —uno
lujoso, imperial; el otro miserable, mal hecho, como los
que se fabricaban de apuro en las ciudades apestadas—
y ante las ruinas de los dos muertos que yacían a la intemperie. La chica de los rulos dispuso algo que, desde
el altillo, me pareció un trueque, aunque no sé ahora si
lo que vi es lo que creo que vi o era sólo una traición de
los sentidos, el rescoldo de mis días de encierro. Con delicadeza de ebanista, retiró de uno de los cuerpos el rosario y la medalla militar, y los puso sobre el pecho y entre los dedos del otro cadáver. Lo que había estado en
uno de los ataúdes fue llevado al otro y viceversa, no estoy seguro de lo que digo —contó el Mocho, y Alcira me
lo repitió, y yo a mi vez estoy diciéndolo con un lenguaje que sin duda nada tiene que ver ya con el relato original, nada con la sintaxis trémula ni la voz sin arrugas que
se demoró por unas horas en la garganta del Mocho,
aquella noche remota del Sunderland—, sólo estoy seguro de que el ataúd lujoso quedó en la camioneta blanca y el miserable fue devuelto a la cisterna, con un cuerpo que quizá no era el mismo.

Dormí toda la mañana y me desperté a eso de la una.
Había un enorme silencio en la casa y, por más que llamé, no vi a nadie. A eso de las dos, el poeta apareció en
la puerta del cuarto donde me habían confinado. Lo
abracé. Estaba flaco, desencajado, como si regresara de

197

una enfermedad grave. Empecé a contarle lo que había visto y me dijo que callara, que lo olvidara, que las cosas nunca son como parecen. Ya no soy de aquí, recitó: *apenas me siento una memoria de paso. Ni vos ni yo somos de este mundo desgraciado, al que le damos la vida para que nada siga como está.* Es la hora de irnos, dijo.

Me cubrió los ojos con un paño negro y lentes oscuros. Así salí de la casa operativa, a ciegas, apoyado en su hombro. Durante más de una hora me dejé llevar por caminos que olían a vacas y a pasto mojado. Después, me envolvió un persistente tufo a nafta. Nos detuvimos. La mano del poeta me quitó los anteojos y la venda negra. Estábamos a pleno sol y mis ojos tardaron más de la cuenta en acostumbrarse. Advertí, a cien metros, los depósitos y torres de una destilería de petróleo. Había una larga fila de camiones cisterna idénticos al que yo conocía ante la puerta de entrada, mientras otros también iguales salían, cada cinco minutos o quizá menos. Estuvimos en silencio ya ni sé cuánto tiempo, contemplando aquel vaivén rítmico y tedioso.

¿Vamos a estar aquí todo el día?, dije. Creí que el trabajo había terminado.

Nunca se sabe cuándo algo termina.

En ese instante salió nuestro camión de la destilería. Era una imagen demasiado familiar como para no reconocerla. Le habíamos pintado, además, una imperceptible raya amarilla sobre la puerta del tanque y, desde donde estábamos, veíamos el fulgor de la raya tocada por el sol.

¿Lo seguimos?, pregunté.

Vamos a dejar que se aleje, dijo el poeta. *Hasta soplar las cenizas.*

El imponente cilindro se perdió en la ruta, cargado con su pequeño lago de nafta. Llevaba un cuerpo que se desintegraría al paso de los años e iría dejando briznas de sí en los tanques subterráneos de las estaciones de servicio y, a través del escape de los automóviles, en el aire sin donaire de Buenos Aires.

Te llevo. ¿Adónde vas?, preguntó el poeta.

Dejáme en cualquier parte, cerca de Villa Urquiza. Voy a caminar.

Quería pensar en el sentido de lo que había hecho, saber si estaba huyendo de algo o yendo hacia algo. *Mi confianza se apoya en el profundo desprecio por este mundo desgraciado,* me había dicho el poeta. *Le daré la vida para que nada siga como está.* Nos pasamos dando la vida por causas que no entendemos por completo sólo para que nada siga como está, le dijo el Mocho a Martel aquella noche del Sunderland.

Las parejas bailaban alrededor, indiferentes. Un cortejo de alevillas rondaba cerca de los reflectores. Algunas los rozaban y morían sobre el vidrio candente. Martel estuvo largo rato perturbado. La historia grande había rozado al Mocho con sus alas y él también oía el vuelo. Era un sonido más fuerte que el de la música, más dominante y vivo que el de la ciudad. Debía de abrazar el país entero y al día siguiente, o al otro, estaría en la tapa de los diarios. Sentía deseos de decir, como la señora Olivia ante la muerte, "qué poquita cosa somos, qué nada somos en la eternidad", pero tan sólo dijo: "Yo también canto sólo por eso: para que regrese lo que se fue y nada siga como está".

A la mañana siguiente, me contó Alcira, el Mocho quiso que Martel lo acompañara a visitar la casa de la calle Bucarelli, donde había empezado el laberinto de su propia vida. Las radios anunciaban el regreso del cadáver de Evita y el hallazgo de la camioneta blanca con el ataúd de Aramburu. Si lo que Andrade pretendía era poner fin a una historia y retirarse del pasado para empezar de nuevo —como le dijo al cantor en el Sunderland—, no le quedaba otro recurso que volver a Parque Chas y velar allí las ruinas de su vida.

La mañana se les fue en una decepción tras otra. La casa de la conspiración estaba cercada por vallas policiales y un patrullero montaba guardia junto a la puerta. A lo lejos, en las calles que se abrían en círculo y en las veredas que se interrumpían sin aviso, no se veía un alma y el silencio era tan opresivo que cortaba el aliento. Ni siquiera los perros asomaban el hocico a través de las cortinas. No pudieron detenerse a mirar las ventanas del piso alto para no despertar las sospechas del patrullero, de modo que doblaron por Ballivian hacia la calle Bauness y allí volvieron a subir la pendiente que desembocaba en Pampa. De vez en cuando, Martel se volvía hacia el Mocho y advertía en él un desconsuelo creciente. Habría querido tomarlo del brazo pero temía que cualquier gesto, cualquier roce, desatara el llanto de su amigo.

Al llegar a la parada del colectivo, Andrade dijo que en ese punto debían separarse porque lo estaban esperando en otra parte, pero Martel sabía que esa parte era nada, la perdición, que ya no le quedaba nadie a quien pedir refugio. Ni siquiera intentó retenerlo. El Mocho parecía demasiado apurado y se desprendió de su abrazo como si estuviera desprendiéndose de sí mismo.

No volvió a tener noticias de él sino once años más tarde, cuando uno de los sobrevivientes de la dictadura mencionó al pasar que un hombre macizo, con voz de gallo, había sido *trasladado* una noche de verano desde las mazmorras del Club Atlético, es decir, llevado hacia la muerte. El testigo ni siquiera conocía el nombre verdadero de la víctima, sólo sus apodos de combate, Rubén u Ojo Mágico, pero el dato de la voz le bastó a Martel. El nombre de Felipe Andrade Pérez no figura en ninguna de las infinitas listas de desaparecidos que han circulado desde entonces, ni consta en las actas del juicio a los comandantes de la dictadura, como si nunca hubiera existido. La historia que había contado en el Sunderland estaba, sin embargo, llena de sentido para Martel. Representaba lo que él mismo habría querido vivir si hubiera podido, y también —aunque de eso no estaba tan seguro— representaba la muerte rebelde que habría querido tener. Fue por eso, me dijo Alcira, que se hizo teñir el pelo de oscuro, con la ilusión de que así regresaría a su ser de veintisiete años antes, se puso el pantalón a rayas y el saco negro cruzado de los recitales, y salió un atardecer de hace dos semanas a evocar a su amigo en la esquina de Bucarelli y Ballivian, ante la casa a la que no habían podido entrar la última vez que se vieron.

Acompañado por la guitarra de Sabadell, Martel cantó *Sentencia*, de Celedonio Flores. A pesar del maquillaje en las ojeras y los pómulos, estaba pálido, lleno de ira contra el cuerpo que lo había abandonado cuando más lo necesitaba. Creí que iba a desmayarse, dijo Alcira. Se apretó el vientre con fuerza, como si sostuviera algo que se le estaba cayendo, y así avanzó: *Yo nací, señor juez, en el suburbio, / suburbio triste de la enorme pena.* El tango es largo, dura más de tres minutos y medio. Temí que no pudiera terminarlo. Las coreanitas de la galletitería lo aplaudieron como habrían aplaudido a un tragasables. Tres chicos que pasaban en bicicleta gritaron "¡Otra!" y se fueron. Tal vez la escena te parezca patética, me dijo Alcira, pero en verdad era casi trágica: el más grande cantor argentino abría sus alas por última vez ante gente que no entendía lo que estaba pasando.

Sabadell se entretuvo un rato con la guitarra, saltando de un fragmento de *La cumparsita* a otros de *Flor de fango* y *La morocha*, hasta que se detuvo en *La casita de mis viejos.* Más de una vez Martel estuvo a punto de quebrarse en sollozos mientras cantó ese tango. Debía dolerle la garganta, quizá le dolería el recuerdo de un muerto que no quería aceptar su condición, como todos los que no tienen tumba. ¿Por qué no lloraba, entonces?, se dijo Alcira y luego me lo dijo a mí, en el hospital de la calle Bulnes, ¿por qué contuvo un llanto que a lo mejor lo habría salvado? *Barrio tranquilo de mi ayer, / como un triste atardecer / a tu esquina vuelvo viejo...*

Sudaba a mares. Le dije que nos fuéramos —me contó Alcira—, le dije tontamente que ya Felipe Andrade sin duda había cantado con él en su eternidad, pero me rechazó con una firmeza o fiereza que antes jamás había mostrado. Me dijo: "Si para los demás fueron dos tangos, ¿por qué van a ser también dos para el amigo que más quise?"

Sin duda había hablado del tema con Sabadell, porque el guitarrista me interrumpió con el preludio de *Como dos extraños.* La letra de esa canción es un conjuro contra el pasado intacto que Martel trataba de resucitar, me dijo Alcira. Esa tarde, sin embargo, en la voz de Martel fluyó un pasado que no estaba muerto, como no puede estar muerto lo que sólo ha desaparecido y permanece y dura. El pasado de aquella tarde se mantenía, tenaz, en el presente, mientras él lo cantaba: era el ruiseñor, la alondra del principio del mundo, la madre de todos los cantos. Todavía no puedo entender cómo respiraba, de dónde sacaba fuerzas para no desfallecer. Me descubrí llorando cuando le oí decir, por segunda vez: *Y ahora que estoy frente a ti / parecemos, ya ves, dos extraños: / lección que por fin aprendí. / ¡Cómo cambian las cosas los años!* Yo misma estaba recordando lo que jamás había vivido.

Con la última palabra de *Como dos extraños* Martel se vino abajo, mientras la gente de Parque Chas pedía otro y otro tango. Cuando cayó en mis brazos le oí decir, sin fuerzas: "Lleváme al hospital, Alcira, que no doy más. Lleváme que me muero".

Ya no recuerdo si Alcira me contó ese episodio la última vez que la visité en el hospital Fernández o semanas más tarde, en el café La Paz. Sólo recuerdo la medianoche de diciembre con el cielo en llamas, y Alcira a mi lado, exhausta, de pie ante la enfermera que trataba de consolarla y no sabía cómo, y el silencio que se posó sobre la sala de espera, y el olor a flores rancias que ocupó el lugar de la realidad.

203

ÚLTIMO

Diciembre 2001

Durante esos días enloquecidos compré algunos mapas de Buenos Aires y fui trazando en ellos líneas de colores que unían los lugares donde Martel había cantado, con la esperanza de encontrar algún dibujo que descifrara sus intenciones, algo parecido al rombo con el que Borges resuelve el problema de "La muerte y la brújula". Las figuras geométricas imperfectas varían, como se sabe, según el orden en que se enlazan los puntos. Si partía de la pensión donde había vivido, en la calle Garay, podía descubrir el contorno de una mandrágora, o una y griega algo torcida que se parecía a la *Caput Draconis* de la geomancia, o hasta un mandala semejante al círculo mágico de Eliphas Levi. Veía lo que quería ver.

Llevaba mis mapas a todas partes y componía nuevos dibujos cuando me aburría de leer en los cafés. Trazaba líneas entre los lugares donde, según Virgili, el librero, Martel había cantado antes de que yo llegara a Buenos Aires: los hoteles para amantes de la calle Azcuénaga, frente al cementerio de la Recoleta, y el túnel subterráneo que hay debajo del obelisco, en la Plaza de la República. En la colección de diarios de la Biblioteca Nacional —aquella donde Grete Amundsen se había perdido meses atrás— busqué indicios de por qué Martel había elegido esos sitios. Los únicos relatos que encontré fueron el de una pareja asesinada en pleno polvo dentro de un hotel por horas, a fines de los años sesenta, y el de un fusilamiento en el obelisco durante los primeros meses de la dictadura. No parecía haber relación alguna entre los dos hechos. El asesino del hotel era un marido celoso al que la policía había llamado por teléfono, en los tiempos en que se delataba a los adúlteros. Ni siquiera fue procesado: tres médicos certificaron que había sufrido un ataque de enajenación y el juez lo absolvió a los pocos meses. Y la muerte en el obelisco era otra de las tantas que sucedieron entre 1976 y 1980. Pese a que se trataba de una feroz exhibición de impunidad, ningún diario argentino daba cuenta del hecho. Encontré el dato por azar en *The Economist*, donde el corresponsal en Buenos Aires escribía que un domigo de junio de 1976 —el 18, creo—, un grupo de hombres con cascos de acero llegó poco antes del amanecer a la Plaza de la República en un automóvil sin placas de identificación. Una persona también joven, desconocida, fue arrastrada a través de la plaza: la apoyaron contra el granito blanco del enorme obelisco y la fusilaron con una ráfaga de metralla. Los asesinos se alejaron en el mismo auto, abandonando el cadáver, y nada se supo de ellos.

Fui cayendo en la cuenta de que, mientras no supiera en qué otros lugares de Buenos Aires había cantado Martel, no lograría completar el dibujo —si es que había algún dibujo—, y tampoco me atrevía a incomodar a Alcira por algo que tal vez fuera una idea loca. Cuando le preguntaba si sabía dónde más había actuado Martel para sí mismo, aparte de los sitios que ya conocíamos, ella, afectada por lo que sucedía en la sala de terapia intensiva, sólo balbuceaba algunos nombres: Mataderos, los túneles, el palacio de Aguas, y se marchaba. Estoy haciendo memoria, me respondió una vez. Voy a escribir una lista de los lugares y te la voy a dar. No lo hizo sino mucho después, cuando yo estaba marchándome de Buenos Aires.

Muchas de mis tardes estaban vacías, emponzoñadas por el desgano. A medida que se acercaba la Navidad me repetía que era ya tiempo de regresar a casa. Había recibido algunas tarjetas de amigos que lamentaban mi ausencia en la fiesta de Acción de Gracias, a fines de noviembre. Entretenido en imaginar cómo sacar a Bonorino del sótano del aleph, la celebración me había pasado inadvertida. Tenía la cabeza en cualquier parte y empezaba a preocuparme. A este paso, pensé, se me acabarán las becas sin haber llegado a escribir siquiera un tercio de la disertación.

Leí que en la salita del teatro San Martín, donde había visto algunas obras maestras del cine argentino, iban a dar *Tango!*, que se anunciaba como "nuestra primera película sonora". La obra estaba fechada en 1933, cuando habían pasado ya seis años desde que Al Jolson cantara en *The Jazz Singer*. Imaginé que la información estaba equivocada. Y lo estaba. En los dos años anteriores se había filmado en Buenos Aires uno que otro melodrama hablado, como *Muñequitas porteñas*, con discos que intentaban sincronizar en vano los diálogos con las imágenes. Lo que importa, sin embargo, es que cuando vi *Tango!* estaba convencido de que ése había sido el adiós argentino a la época muda.

El argumento era inocuo, y lo único interesante era la sucesión de dúos, tríos, quintetos y orquestas típicas, que interrumpían a ratos las ejecuciones para que los actores declamaran sus parlamentos. *The Jazz Singer* había aportado al cine una frase inmortal, *You ain't heard nothing yet*, Ustedes no han oído nada todavía. En la primera escena de *Tango!*, una cantante robusta, disfrazada de malevo, rompía el fuego con un verso que desataba al instante una tormenta de significados: *Buenos Aires, cuando lejos me vi*. El primer sonido del cine argentino había sido, entonces, aquel par de palabras, *Buenos Aires*.

Mientras veía distraído la película, cuyos diálogos se me escapaban, no sé si por la dicción turbia de los actores o porque la banda de sonido debía ser muy primitiva, tuve miedo de que la ciudad se retirara de mí un día y ya nada fuera entonces como había sido. Me quedé sin respirar, con la esperanza de que el presente no se moviera de su quicio. Terminé sintiéndome en ningún lugar, sin tiempo al cual aferrarme. Lo que yo era se había perdido en alguna parte y no sabía cómo recuperarlo. La película misma me confundía, porque tenía una estructura circular en la que todo volvía a su punto de partida, incluyendo a la gorda disfrazada de malevo, que reaparecía en el minuto final, cantando una milonga que aludía —eso creí— a

Buenos Aires: *No sé por qué me la nombran / si no la puedo olvidar.* Cuando salí, mientras esperaba el colectivo 102, que me dejaba cerca del hospital Fernández, noté que algo estaba cambiando en la atmósfera de la ciudad. Al principio pensé que la luz de la tarde, siempre tan intensa, tan amarilla, había virado a un rosa pálido. Parecía que el crepúsculo se hubiera adelantado. Siempre oscurecía a las nueve de la noche en esa época del año. Y apenas eran las seis y media. Tuve la impresión de que Buenos Aires estaba cambiando de humor, y a la vez me parecía absurdo decir eso de una ciudad. Pocos días antes había pasado por la plaza Vicente López y no la recordaba como la veía en ese momento: con algunos árboles pelados, chatos, y otros llenos de flores que revoloteaban y caían en cámara lenta. Las cuadrillas municipales debían de haber serruchado algunas ramas hasta su nacimiento, me dije. No entendía esa costumbre cruel e inútil, que había observado en otras calles arboladas y hasta en el propio bosque de Palermo, donde vi un palo borracho asesinado por la violencia de la poda.

A un costado del cementerio de la Recoleta, seis estatuas vivientes estaban cruzando la calle con maletines en la mano. Me parecía extraño que caminaran rápido, despreocupadas del asombro que despertaban. La ilusión de inmovilidad, que era toda la gracia de su ínfimo arte, se desvanecía a cada paso. Estaban ridículas con sus vestuarios dorados y graníticos, y las gruesas capas de pintura en el pelo y en la cara: un descuido inconcebible en ellas, que siempre se escondían para quitarse el maquillaje. A lo mejor las habían expulsado de

211

los alrededores de la iglesia del Pilar, donde acostumbraban exhibirse, aunque eso nunca había sucedido.

Al bajar del colectivo frente al parque Las Heras, vi manadas de perros que se habían sublevado contra los muchachos que los paseaban. En ese lugar habían sucedido historias atroces, y las resacas del horror seguían allí. Para descansar del trajín de los perros, los cuidadores solían reunirse a conversar en una parte sombreada del parque, donde en otros tiempos estuvo el patio de la Penitenciaría Nacional. Cada uno de ellos sujetaba siete u ocho animales, y dejaba suelto a uno de los perros, el más experto, que guiaba la manada. Ninguno debía de saber, supongo, que en ese rincón fue fusilado en 1931 el anarquista Severino Di Giovanni, y veinticinco años más tarde el general Juan José Valle, que se alzó en armas para que el peronismo recuperara el poder. Y si lo sabían, ¿por qué iba a importarles? A veces el viento castigaba allí con más fuerza que en otros lugares del parque, y los perros, angustiados por un olor que no entendían —el olor de una congoja humana que venía del pasado—, se desprendían de las correas y huían. Más de una vez, en mis viajes diarios al hospital Fernández, había visto cómo los chicos los perseguían y volvían a reunirlos, pero aquella tarde, en vez de correr, los perros giraban y giraban alrededor de sus guardianes, enredándolos hasta hacerlos caer. Los animales que servían de guías se alzaban en dos patas y aullaban, mientras el resto de la manada, babeando, se alejaba unos pocos metros de los paseadores caídos y volvía después a acercarse, como si quisieran arrastrarlos fuera de aquel lugar.

Llegué al hospital sintiendo que la ciudad no era la misma, que yo no era el mismo. Temí que Martel hubiera muerto mientras yo perdía el tiempo en el cine y subí casi corriendo a la sala de espera. Alcira conversaba tranquilamente con un médico y, cuando me vio entrar, me llamó.

Está recuperándose, Bruno. Hace un rato entré en la habitación, me pidió que lo abrazara, y él me abrazó con la fuerza de alguien que está decidido a vivir. Me abrazó sin preocuparse por esos tubos que tiene clavados en el cuerpo. A lo mejor se levanta, como otras veces, y vuelve a cantar.

El médico —un hombre bajo, con la cabeza afeitada— le dio unas palmaditas.

Hay que esperar varias semanas, dijo. Todavía tiene que desintoxicarse de todas las medicaciones que le hemos dado. El hígado no está ayudando mucho.

Pero esta mañana estaba sin fuerzas y ahora mírelo, doctor, replicó Alcira. Esta mañana se le caían los bracitos, a duras penas sostenía la cabeza, como un recién nacido. Ahora me abrazó. Sólo yo sé la vida que hay que tener para dar ese abrazo.

Pregunté si podía entrar en el cuarto de Martel y quedarme a su lado. Llevaba días esperando que me dejaran hablar con él.

No es prudente ahora, dijo el médico. Está reanimado pero sigue muy débil. Tal vez mañana. Cuando lo vea, no le haga preguntas. No diga nada que pueda emocionarlo.

Alguna gente caminaba por los pasillos con auriculares. Debían de estar oyendo las radios porque, cuando se cruzaban, comentaban excitados noticias que sucedían en otras partes: ¡Ya van tres en Rosario!, le oí decir a una mujer que se apoyaba sobre un bastón en forma de trípode. ¿Y lo de Cipoletti? ¿Viste lo de Cipoletti?, respondió otra. ¡Más muertos, Dios mío!, apuntó una enfermera que bajaba del tercer piso. Esta noche me van a dejar clavada en la guardia de emergencia. Alcira tenía miedo de que se cortara la luz. A la hora del almuerzo, en el televisor de un bar, había visto a personas desesperadas que saqueaban supermercados y se llevaban los alimentos. Miles de fogatas estaban encendidas en Quilmes, en Lanús, en Ciudadela, a las puertas de Buenos Aires. Nadie mencionaba disturbios en la ciudad. Me preguntó si había visto alguno.

Todo parece tranquilo, respondí. No quería mencionarle los signos de malestar que me habían asombrado: el color del cielo, las estatuas vivientes.

Estaba demasiado ansiosa para conversar. La sentí extraña, como si hubiera puesto el cuerpo en otra parte. Unas ojeras hondas ensombrecían su cara, que nada expresaba, ni pensamientos ni sentimientos. Parecía que todo lo que había en ella se hubiera marchado con el cuerpo que no estaba.

Mientras regresaba al hotel en el colectivo, vi que la gente corría agitada por las calles. La mayoría estaba casi desnuda. Los hombres llevaban el pecho descubierto, pantalones cortos y ojotas; las mujeres tenían las blusas desprendidas o vestidos sueltos, ligeros. En la esquina de Callao y Guido subió un anciano con el pelo duro por los fijadores, que habría desentonado con los otros pasajeros si no fuera porque su traje estaba tan gastado y lustroso que se le deshojaban los codos. Cuando llegamos a la calle Uruguay, una manifestación blo-

214

queaba el tránsito. El conductor trató de abrirse sitio a bocinazos, pero cuanto más llamaba la atención, más compacto se volvía el cerco. El anciano, que hasta ese momento había mantenido la compostura, asomó la cabeza por la ventanilla y gritó: ¡Echen de una vez a esos hijos de puta! ¡Échenlos a todos! Luego se volvió hacia mí, que estaba a su izquierda, y me dijo con animación, tal vez con orgullo: Esta mañana me di el gusto de tirarle una pedrada al auto del presidente. Le rompí el parabrisas. Me habría gustado partirle la cabeza.

Lo que estaba sucediendo no sólo era inesperado para mí sino también incomprensible. Hacía ya semanas que se hablaba contra los políticos en un tono cada vez más violento, y hasta algunos habían sido atacados a golpes, pero nada cambiaba en apariencia. Los asaltos a los supermercados me parecían inverosímiles, porque la policía patrullaba a todas horas, así que los descarté como otro invento de las televisoras, que no sabían ya cómo llamar la atención. Sólo había oído voces descontentas desde mi llegada a Buenos Aires. Cuando no era por el clima era por la miseria —que ya se veía en todas partes, hasta en las calles donde en otros tiempos sólo había prosperidad, como Florida y Santa Fe—, pero las quejas nunca pasaban de ahí. Ahora en cambio, las palabras que salían al aire tenían filo y destruían lo que nombraban. ¡Echen a esos hijos de puta!, decía la gente y, aunque los hijos de puta no se movieran, la realidad estaba tan tensa, tan a punto de romperse, que el cimbronazo del insulto empujaba a los políticos hacia su perdición. O al menos eso me parecía.

Hasta el presidente de la República estaba siendo apedreado. ¿Sería verdad? A lo mejor el anciano del colectivo estaba jactándose, para darse importancia. Si había apredeado el auto y todos lo habían visto, ¿cómo podía estar sentado tan campante, sin que nada le hubiera pasado? A veces, el laberinto de la ciudad no estaba para mí en las calles ni en las confusiones del tiempo, sino en el comportamiento inesperado de las personas que vivían allí.

Esperé media hora y, como el tránsito seguía estancado, decidí caminar. Avancé por Uruguay hasta Córdoba y luego me desvié a Callao, en busca del hotel. No quería volver a la sofocación de mi cuarto, pero no veía adónde más ir. Las tiendas cerraban sus persianas, los cafés estaban desiertos, desprendiéndose de los últimos clientes. Atravesar la ciudad para refugiarme en el Británico era una locura. Las mareas humanas no cesaban. Todo estaba cerrado pero las calles ardían y yo me sentía solo como un perro, si acaso los perros sienten la soledad. Era ya tarde, las nueve o tal vez más, y los que andaban de un lado a otro daban la impresión de que acababan de levantarse. Llevaban cucharas de madera, cacerolas, sartenes viejos.

Empecé a tener hambre y me arrepentí de no haber comprado comida en el hospital. En mi hotel habían cerrado las persianas y tuve que tocar el timbre muchas veces para que me dejaran pasar. El portero también llevaba sólo calzoncillos. El abdomen enorme, con matorrales de pelos, le brillaba de sudor.

Vea esto, míster Cogan, me dijo. Mire el desastre que ha pasado en Constitución.

Tenía encendido un televisor minúsculo detrás del mostrador de la entrada. Estaban exhibiendo, en directo, el saqueo de un mercado. La gente corría con bolsas de arroz, latas de aceite y ristras de chorizos, entre banderas de humo. Una vieja sin edad, con un mapa de arrugas en la cara, caía con las piernas hacia adelante, frente a un ventilador. Con una mano empezaba a limpiarse la herida abierta en la cabeza mientras se sujetaba la falda con la otra, para que no la levantara el viento. Una mano desenchufó el ventilador y se lo llevó, pero la vieja siguió cubriéndose del viento que ya no estaba, como si flotara al otro lado del tiempo. Formados en arco, en grupos de a seis, los policías avanzaban protegidos por cascos y viseras que les cubrían la barbilla y el cuello. Algunos repartían golpes con bastones pesados, otros disparaban gases.

Fijesé en los que están detrás de los árboles, me dijo el portero. Ésos están hiriendo a la gente con balas de goma.

¡Corran! ¡Corran que estos desgraciados van a matarnos!, gritaba una mujer a los camarógrafos de la televisión, mientras desaparecía en la humareda.

Me senté en el vestíbulo del hotel, vencido. No había encontrado nada de lo que fui a buscar en Buenos Aires, y ahora además me sentía ajeno a la ciudad, ajeno al mundo, ajeno a mí. En lo que estaba sucediendo fuera se adivinaba un alumbramiento, un principio de la historia —o un fin—, y yo no lo entendía, yo sólo pensaba en la voz de Martel que jamás había oído y que tal vez nunca oiría. Era como si el mar Rojo estuviera abriéndose delante del pueblo de Moisés y de mí, y yo, distraído, mirara para otro lado. El televisor repetía escenas fugaces, que duraban sólo segundos, pero cuando la memoria unía en un haz todas las imágenes, aquello era una tempestad.

Creo que me quedé dormido. A eso de las once de la noche me sacudió una trepidación de sonidos metálicos que no se parecía a nada que yo conociera. Me dio la impresión de que el viento o la lluvia se habían vuelto locos, y que Buenos Aires se desarmaba. Voy a morir en esta ciudad, pensé. Hoy es el último día del mundo. El portero balbuceó frases atropelladas de las que sólo entendí unos pocos significados. Mencionó un discurso amenazante del presidente de la República. ¿Que somo grupo violento nosotro? ¿Oyó eso, míster Cogan: grupo violento? Eso dijo el boludo. Enemigo del orden, dijo. Má enemigo del orden será él, digo yo.

El tremolar de la calle me despejó. Sentí sed. Fui al bañito de la entrada, me lavé la cara y bebí del cuenco de las manos.

Cuando salí, el portero subía a los saltos las escaleras tramposas del hotel, por cuyos peldaños flojos me había desbarrancado más de una vez, mientras me llamaba, excitado: ¡Venga a ver lo que es esto, Cogan! Cuánta gente, mamma mía, qué quilombo se está armando.

Nos asomamos a un balconcito del tercer piso. Las mareas humanas avanzaban hacia el Congreso blandiendo tapas de cacerolas y fuentes enlozadas, y golpeándolas con un ritmo que nunca salía de su cauce, como si estuvieran leyendo todos a la vez la misma partitura. Repetían con voz bronca un indignado estribillo: *¡Que se vayan todos! / ¡Que no quede uno solo!*

Un muchacho de ojos negros y húmedos como los del Tucumano marchaba al frente de un grupo de quince o veinte personas: la mayoría eran mujeres que llevaban sus hijos en brazos o a horcajadas sobre la nu-

218

ca. Una de ellas nos gritó, al vernos en el balcón: ¡Vengan a poner el cuerpo! ¡No se queden mirando la tele!

Sentí una punzada de melancolía por mi amigo, al que no había vuelto a ver desde que cerraron la pensión de la calle Garay, y tuve el presentimiento de que lo encontraría en la efervescencia de allí abajo. Imaginé que él me oiría, donde quiera estuviese, si yo lo llamaba con todo el deseo que llevaba dentro. Así que también grité: ¡Ya voy!, ¡ya voy!, ¿dónde van a juntarse? En el Congreso, en la Plaza de Mayo, en todas partes, me respondieron. Vamos a todas partes.

Intenté convencer al portero de que se uniera a la corriente, pero él no quería dejar el hotel desguarnecido ni vestirse. Me acompañó hasta la puerta, advirtiéndome que no hablara mucho. Tené un acento muy junado, vo, me dijo. Yanqui hasta la manija. Cuidáte. Me entregó una camiseta a rayas celestes y blancas, como la del seleccionado argentino de fútbol, y así me mimeticé con la multitud.

Ya todos saben lo que sucedió durante los días que siguieron, porque los periódicos no hablaron de otra cosa: de las víctimas de una policía feroz, que dejó más de treinta muertos, y de las cacerolas que tremolaban sin cesar. Yo no dormí ni volví al hotel. Vi al presidente fugarse en un helicóptero que se alzó sobre una muchedumbre que le mostraba los puños, y esa misma noche vi a un hombre desangrarse en las escalinatas del Congreso mientras apartaba con sus brazos la desgracia que se le venía encima, revisándose los bolsillos y los recuerdos para saber si todo estaba en orden, la identidad y los pasados de su vida en orden. No nos dejés, le grité, aguantá y no nos dejés, pero yo sabía que no era a él a quien se lo decía. Se lo decía al Tucumano, a Buenos Aires, y también me lo decía a mí mismo, una vez más.

Di vueltas por la Plaza de Mayo, por la Diagonal Norte, donde las multitudes destrozaban las fachadas de los bancos, y hasta caminé hacia el bar Británico, donde tomé un café con leche y comí un sandwich sin jugadores de ajedrez alrededor, ni actores que regresaran del teatro. Todo parecía tan quieto, tan apagado, y sin embargo nadie dormía. Los fragores de la vida discurrían en las veredas y en las plazas como si el día empezara. Y el día empezaba siempre aunque fueran las cuatro de la tarde o la medianoche o las seis de la mañana.

Mentiría si dijera que me acordé de Martel mientras iba de un lado a otro. De Alcira me acordaba a ratos, sí, pensaba en ella, y cuando veía los estropicios de flores en torno a los kioscos de las avenidas, pensaba en levantar un ramo para llevárselo.

Volví al hotel el viernes por la mañana, treinta y cinco horas después de haber bajado en busca del manifestante de ojos húmedos —al que nunca más vi— y, como creía que todo había terminado, dormí hasta la noche. En esos días hubo una sucesión de presidentes, cinco en total contando al que yo había visto fugarse en helicóptero, y todos ellos, salvo el último, terminaron solitarios y abandonados, escondiéndose de la furia pública. El tercero duró una semana, alcanzó a repartir saludos de Navidad y estuvo a punto de imprimir una nueva moneda, que reemplazaría a las once o doce que daban vueltas por ahí. Sonreía, incansable, ante la marea de desdichas, acaso porque veía fuegos donde para los demás todo era ceniza.

La noche antes de que aquel Joker asumiera, un sábado, caminé hasta la costa del río, vadeando las vías de un ferrocarril que no existía y desafiando la oscuridad cerrada del sur. Un barco enorme, con todas las luces encendidas, avanzó a mi derecha, más allá de la Fuente de las Nereidas, cuyas figuras en celo habían consumido de deseo a Gabriele D'Annunzio. Tuve la impresión de que el barco hendía lentamente las calles de la ciudad, aunque sabía que eso era imposible. Se movía entre los edificios con la cadencia de un camello fantasmal, mientras la noche abría su palma y soltaba la espesura de las estrellas. Cuando el barco desapareció y la oscuridad volvió a cerrarse en torno de mí, me tendí en la balaustrada de piedra que se alza frente a los matorrales del río y contemplé el cielo. Descubrí que, junto al laberinto de las constelaciones, entre Orión y Tauro, y más allá, entre Canopus y Camaleón, se abría otro laberinto aún más indescifrable de corredores vacíos, espacios limpios de cuerpos celestiales, y entendí, o creí entender, lo que Bonorino me había dicho en la pensión la noche en que me pidió el libro de Prestel: que la forma de un laberinto no está en las líneas que lo dibujan sino en los espacios entre esas líneas. Abriéndome camino en la vastedad del firmamento, trataba de encontrar pasillos que comunicaran entre sí las vetas de negrura pero, apenas avanzaba, una constelación o una estrella solitaria me cerraban la marcha. En la Edad Media se creía que las figuras del cielo se repetían en las figuras de la tierra, y así también ahora, en Buenos Aires, si yo andaba en una dirección la historia me desandaba en otra, las esperanzas se desesperanzaban y las alegrías de la tarde se desalegraban cuando caía la noche. La vida de la ciudad era un laberinto.

Empezaron a castigarme ráfagas de calor húmedo. Las ranas croaban entre los juncos del río. Tuve que irme, porque me estaban devorando los mosquitos.

Al mediodía siguiente, el portero llamó a mi cuarto para invitarme a tomar mate y a ver por televisión el juramento de los ministros elegidos por el Joker.

—Lo hubiera despertado má temprano, míster Cogan, pero me dio no sé qué. Una apoteosi, vea, tenemo ahora un presidente joya. No se imagina el dicurso que se mandó.

En el televisor vi desfilar a un par de analistas políticos que definieron al Joker como "un torbellino de trabajo, alguien que hará en tres meses lo que no se hizo en diez años". Y así parecía. Cuando las cámaras lo enfocaban, se mostraba movedizo, jovial, y a cada rato repetía: "A ver si de una vez me entienden. Soy el presidente, ¿oyeron? Pre- si- den- te".

Donde quiera fuese lo seguía un cortejo de funcionarios con grabadores y carpetas. En un par de ocasiones pidió que lo dejaran solo para meditar. Por la puerta entornada de su despacho se lo vio alzar los ojos al techo con las palmas unidas. Me llamó la atención uno de los acólitos cuando lo vi alejarse por los corredores de la casa de gobierno. Caminaba con un ligero balanceo, como el Tucumano. Desde atrás, se lo podía confundir con él: era alto, de cuello fuerte, espaldas anchas y pelo espeso, negro, pero yo llevaba ya días viendo al Tucumano en todas partes y no sabía cómo apartar el espejismo.

La antesala del Joker estaba llena de curas. Algunas Madres de Plaza de Mayo seguían allí, con sus pañuelos blancos en la cabeza, después de una entrevista inesperada en la que el presidente les había prometido justicia. Vi a un par de personajes de la televisión y a los ministros que se preparaban para jurar. Ya estaba aburriéndome cuando las cámaras se movieron a toda velocidad hacia un salón en cuya cabecera asomaba el busto de la República. Sobre la tarima de los juramentos, cientos de personas trataban de abrirse sitio y, a la vez, dejar libre el camino para el Joker. Estaban muy envaradas en sus trajes de domingo, sin creer aún en la importancia que les había llovido como un súbito maná. Lucían corbatas con fulgores que desorientaban a los camarógrafos, mocasines con borlas episcopales, vahos de seda que las ondulaciones electromagnéticas de la televisión no podían contener, anillos pesados que corregían la luz de los reflectores: aquellas galas sólo podían anunciar un festín, aunque por ningún lado se veía lo que iban a devorar. Me habría deleitado oyendo sus conversaciones, porque nunca tendría oportunidad de ver los relumbros del poder sino en la fugacidad de los noticiarios, y lo de aquel mediodía era un poder que se exhibía sin pudor ni temor, seguro de la eternidad que el Joker había conquistado. Pero los micrófonos sólo registraban el oleaje de las voces, el redoble de aplausos a un figurón corvo y cuervo, y el llanterío de los chiquillos llevados a la fuerza para que el Joker los besara, con camisas de pechera dura y faldas con puntillas y faralaes.

No en la tarima pero sí en la primera fila de los asistentes, entre los notables, divisé al Tucumano. La cámara le echó una ojeada rápida y me quedé con las dudas de que fuera él, pero pocos segundos después, en otra toma, pude admirar su transformación. Estaba peinado a la gomina, llevaba un traje de color mostaza brillante que le desconocía, una corbata con bacterias búlgaras y un portafolios rígido entre las piernas. Anteojos negros, además. Los flashes de los fotógrafos centelleaban sobre su indiferencia de divo puro Hollywood. Ha caminado por el costado y ahora está situándose en el centro, pensé. ¿Se lo debería al aleph? Canté en silencio a las glorias del Joker, que era capaz de producir tales milagros. Uno de los ministros por venir declaró, solemne, que el presidente había reunido a un puñado de hombres brillantes para rescatar al país del abismo. La cámara echó una ojeada a los salvadores y salió de allí, ahogada por los destellos. Eran pequeños soles vestidos con sedas mostazas, ebúrneas, celestiales y verdes alimonados. Todos se protegían con anteojos oscuros, tal vez de sus propias fosforescencias. Suspiré. Con un rápido ademán de mi corazón aparté al Tucumano para siempre. El poder lo ponía fuera de mi alcance, y yo no quería dejarme arrastrar por el ventarrón en que se había convertido su vida.

Había llamado varias veces al hospital por teléfono para averiguar cómo seguía Martel. Lo hice una vez cuando volví de mi larga vigilia al son de las cacerolas, y luego cada dos horas, tenaz, desde el momento mismo en que desperté, el viernes por la noche. Siempre recibía la misma respuesta: El enfermo continúa sin novedad.

Me parecía una frase tan desalentadora, tan agorera. ¿Cuál era, para esa voz, la línea divisoria entre la salud y la muerte? Un par de veces osé preguntar por Alcira, pero jamás logré que le pasaran mis mensajes.

El domingo regresé a los lugares donde habían sucedido los tumultos. Aún se veían los desastres de la batalla. Qué digo: el recuerdo de la batalla no se había movido. Quedaría levitando sobre la ciudad quién sabe por cuánto tiempo. Las esquirlas de vidrio, la sangre, las persianas hundidas por los palos, las tapas de cacerolas, las fuentes desportilladas, las cabinas telefónicas en ruinas, los cauchos quemados y aún ardiendo en el asfalto, la sangre, las huellas de la sangre lavada, las pancartas tronchadas por la caballería y por los viles tanques hidrantes, los despojos del mismo clamor por todas partes, Que se vayan todos. Que se vayan todos.

Los desastres seguían, y los todos también. Los días se iban y ellos se quedaban, a la sombra del Joker.

En la esquina de Diagonal Norte y Florida había dos grupos con palos que no habían saciado su afán de castigar a los bancos. Querían demolerlos con las manos, piedra a piedra. Oí a un hombre repetir, desalentado: Este país se acabó. Si ellos no se van, vayámonos nosotros. Pero dónde. Si yo supiera dónde.

Caminé por el Bajo hasta Callao y doblé en Las Heras. El sol castigaba con fiereza, pero ya no lo sentía. No recuerdo una soledad tan honda como la de aquella tarde, una soledad que me quemara y me doliera tanto.

Quiero ver a Alcira Villar, dije a la entrada del hospital.

Villar Alcira, Villar, no está en la lista. No pertenece al personal, me advirtió la mujer de la recepción. ¿Es

225

una enferma? Hasta mañana están cancelados los horarios de visita.

De Martel, Julio Martel, ¿qué sabe? Unidad de terapia intensiva. Cama catorce, creo.

La vi buscar en la computadora, diligente, afable. No se especifica ningún cambio, me respondió. Sin novedad. Seguro que está mejor, o en el mismo estado. Me fui al café de la esquina y me quedé en un rincón. Pronto va a ser Año Nuevo, pensé. 2002. Número de cejas en arco. En los tres meses anteriores había sucedido todo lo que podía suceder: los aviones estrellándose contra las Torres Gemelas a las semanas de mi partida desde JFK, Buenos Aires envejeciendo delante de mis ojos hora tras hora, yo embruteciéndome en la no nada de lo que no hacía. Volver a casa. Cuántas veces iba a decírmelo. Volver a casa, volvé a casa. ¿Qué esperaba? Que muriera Martel, me dije. Soy el cuervo que grazna sobre el mejor cantor de esta nación moribunda. Recordé a Truman Capote esperando que ahorcaran a Perry y Dick, los asesinos de *A sangre fría*, para poner punto final a su novela. Yo estaba también volando sobre la lumbre de un cadáver. *Quoth the Raven*, el cuervo. Deja mi soledad tal como está, recité. *Leave my loneliness unbroken!*

Algo más, sin embargo, podía suceder aún. Alcira entró en el café. Se instaló junto a la ventana y pidió una cerveza, encendió un cigarrillo. Nadie era el mismo en aquellos días, y ella tampoco era ella. La había imaginado bebiendo sólo té y agua mineral, abstemia de tabaco. Mis intuiciones se estrellaron contra el piso.

Estaba distraída. Echó una mirada a las noticias del diario que llevaba consigo, pero no las leyó. Con desa-

226

liento, apartó las hojas. La gente que veíamos pasar no parecía abrumada sino más bien incrédula. El país se iba a la mierda, decían todos, pero allí estaba. ¿Puede acaso morir una nación? Han muerto tantas y otras han vuelto a respirar entre las cenizas.

Decidí acercarme a su mesa. Me sentía vacío. Cuando alzó la cara hacia mí advertí el estrago que habían dejado en ella los últimos días. Llevaba los labios pintados y un poco de color en los pómulos, pero las desgracias estaban escritas en las ojeras que la envejecían. Le conté que había llamado con insistencia al hospital para preguntar por Martel. Quise venir a acompañarte, le dije, pero no me dejaban. Una y otra vez me repitieron que estaban prohibidas las visitas y que el enfermo seguía sin novedad.

¿Sin novedad? Ya no sé cómo hacer para levantarlo, Bruno. Le ha crecido el bazo, casi no orina, está hinchado. Hace tres días parecía haber resucitado. A eso de las seis de la tarde quiso que me sentara a su lado. Estuvimos hablando una hora, tal vez más. Me enseñó a memorizar los números y a combinarlos. Tres es un pájaro, treinta y tres son dos pájaros, cero tres son todos los pájaros del mundo. Es un arte muy antiguo, me dijo. Combinó diez o doce números de varias maneras y luego fue barajándolos al revés. Hablaba con esa cadencia monótona de los *croupiers* en los casinos. Como si estuviera actuando. No entendí por qué lo hacía y tampoco se lo quise preguntar.

Tal vez para sentirse vivo. Para recordar quién había sido Martel alguna vez.

Sí, ha de ser eso. Quiere levantarse pronto, me dijo, y volver a cantar. Me pidió que comprometiera a Sabadell para un recital en la Costanera Sur. Es una ilusión, ya te das cuenta. Ni siquiera sabe cuándo podrá ponerse de pie. ¿Qué pasó en la Costanera?, le pregunté. Ese lugar es un desierto ahora. Cómo, Alcirita, me contestó. ¿No lo viste en el diario? Recordé que había encontrado un recorte en el pantalón con el que vino al hospital, pero sólo alcancé a ver el título. Algo sobre un cuerpo desnudo entre los juncos.

¿Empeoró después de eso? ¿Me decís que empeoró?

Esa misma noche se vino abajo. Le cuesta respirar. Creo que van a abrirle un canal. Yo no quiero que lo atormenten más, pero tampoco tengo derecho a decirlo. Llevo años al lado de Martel y, sin embargo, sigo siendo su nadie.

Decíles lo que sentís, de todos modos.

Lo que siento.

Sí, los médicos siempre tratan de mantener viva a la gente, acá y en todas partes. Hay algo de orgullo en eso.

Siento que no tiene por qué morir ahora. ¿Lo digo? Se van a reír a mis espaldas. No pienso en la muerte. Si quieren romperle la garganta para entubarlo, ¿cómo les puedo explicar que así se le iría la voz y, sin la voz, Martel sería otra persona? Se dejaría morir apenas se diera cuenta de lo que ha pasado. Aquella tarde, hace tres días, le hablé de vos, ¿te dije, no?

No, no me lo dijiste.

Le conté que llevás meses buscándolo. Ahora ya sabe dónde estoy, me dijo. Que venga a hablar conmigo, entonces. Que Bruno venga cuando quiera.

No me dejarían verlo.

Ahora no. Hay que esperar otra resurrección. Si estuvieras ahí todo el tiempo lo verías regresar a veces con tanta fuerza que dirías: Ya está, ya nunca más va a recaer.

Ojalá pudiera yo estar siempre en el hospital. Sabés que no depende de mí.

Llevaba largo rato mirándola como si no quisiera desprenderme de ella. Me retenían el cansancio de sus ojos, la lisura de su piel, el oscuro pelo alborotado por los huracanes del alma. Me parecía que aquellas señas de identidad resumían las de la especie humana. A veces la observaba con tanta intensidad que Alcira apartaba la mirada de mí. Habría querido explicarle que no era ella la que me atraía, sino las luces que Martel había dejado sobre su cara y que podía adivinar a medias, las reverberaciones de la voz moribunda que se inscribían sobre su cuerpo. De pronto, Alcira se dobló en dos para atarse las zapatillas blancas y chatas, de enfermera. Al erguirse miró el reloj, como si despertara.

Qué tarde se ha hecho, dijo. Martel ha de estar preguntando por mí.

Sólo estuviste acá cinco minutos, le dije. Antes te quedabas más tiempo.

Antes no había pasado nada de lo que pasó. Ahora estamos todos caminando sobre vidrios. Cinco minutos es una vida entera.

La vi alejarse y me di cuenta que, lejos de ella, yo no tenía nada que hacer. No quería regresar al hotel entre las fogatas y los mendigos. Al menos sabía ahora que Martel había señalado otro punto en su hipotético mapa: la Costanera Sur, por donde yo había andado, sin saberlo, la noche del sábado. Un cuerpo desnudo entre los juncos. Quizá se podía encontrar el dato en las hemerotecas. Recordé que todas estaban cerradas y que hasta la puerta de una de ellas habían llegado los incendios. El episodio que citaba Martel no debía, sin embargo, ser tan lejano. El recorte aún estaba en su pantalón. Por un momento me ilusioné con la idea de que Alcira me permitiera verlo, aunque sabía que era incapaz de semejante deslealtad.

Abrí el diario que había quedado olvidado sobre la mesa y yo también pasé las páginas con desaliento: las lúgubres, ensangrentadas noticias. Me llamó la atención un artículo extenso, ilustrado con fotos de niños y hombres casi desnudos entre parvas de basura. "Me di vuelta y vi que eran balas", decía el desafiante título. Arriba se leía una leyenda más explicativa: "Fuerte Apache, dos días después". Era una minuciosa descripción del barrio donde habían ido a dar Bonorino y mis otros compañeros de la pensión. Al parecer, desde allí habían partido los primeros saqueadores de supermercados y ahora estaban velando a sus muertos.

Por lo que leí, Fuerte Apache debía ser una fortaleza: tres torres de diez pisos unidas entre sí en un campo de diez hectáreas, seis cuadras al oeste de la avenida General Paz, en el linde mismo de Buenos Aires. Alrededor de las torres se habían construido unas casillas alargadas de tres plantas que se conocían como "las tiras". Pensé en el bibliotecario desplazándose de una casilla a otra con su ristra de fichas, como un topo. "A todas horas", decía el artículo, "la música retumba. Cumbia, salsa: los jóvenes bailan por los senderos de barro con litronas de cerveza en las manos". Me pregunté qué serían las litronas. Quizá la jerga fierita estaba infiltrándose en los periódicos. "Fuerte Apache estaba proyectado para veintidós mil habitantes pero a fines del año 2000 ya vivían más de sesenta mil. Es imposible dar una cifra certera. Por los nudos no se aventuran los censistas ni la policía. Ayer había, a la entrada de las tiras, unas diez capillas ardientes. En algunas se velaba a villeros abatidos durante los saqueos por la policía o por dueños de supermercados. En otras, a víctimas de balas perdidas o de grescas entre pandillas dentro de las torres."

Al pie del artículo se abría un recuadro escueto con la lista de muertos. Con estupor, descubrí el nombre de Sesostris Bonorino, empleado municipal. Quedé paralizado. Me castigó una sucesión de recuerdos que se parecían a relámpagos. Recordé el rap que el bibliotecario había cantado batiendo palmas, antes de que nos despidiéramos en la pensión: *Ya vas a ver que en el Fuerte / se nos revienta la vida. / Si vivo, vivo donde todo apesta. / Si muero, será por una bala perdida.* Debí darme cuenta entonces de que una escena tan extravagante no podía ser casual. Bonorino estaba avisándome que había podido ver su propio fin, que no podía evitarlo y que tampoco le importaba. Contra mis torpes suposiciones, era posible, entonces, leer el futuro en *la pequeña esfera tornasolada.* El aleph existía. Existía. Lamenté que el epitafio del periódico fuera tan injusto. Bonorino había sido uno de los raros privilegiados —si no el único— que, al contemplar el aleph, se había encontrado cara a cara con la forma de Dios.

Tuve el impulso de ir hacia Fuerte Apache para averiguar qué había sucedido. No podía entender cómo un ser tan inocente había encontrado una muerte tan brutal. Me contuve. Aun si lograba entrar en las capillas ardientes, ya de nada servía. Fui resignándome a la idea de que el bibliotecario había podido verlo todo: mi noche con el Tucumano en el hotel Plaza Francia, la carta traicionera que escribí y la consecuencia inútil de esa traición. Me desconcertaba que, aun sabiéndolo, me hubiera confiado el cuaderno de contabilidad con las notas para la Encicopedia Patria, que era la obra de su vida. ¿De qué podía servirle que yo u otro lo tuviera? ¿Por qué había confiado en mí?

Lo único que ahora tenía sentido ahora era recuperar el aleph. Si lo encontraba, no sólo podría ver las dos fundaciones de Buenos Aires, la aldea de barro con sus apestosos saladeros, la revolución de mayo de 1810, los crímenes de la Mazorca y los de ciento cuarenta años después, la llegada de los inmigrantes, las fiestas del Centenario, el Zeppelin volando sobre la ciudad orgullosa. También podría oír a Martel en todos los lugares donde había cantado y saber en qué momento preciso estaría lúcido para que habláramos.

Subí al primer colectivo que iba hacia el sur y caminé, sin aliento casi, hasta la pensión de la calle Garay. Si alguien seguía viviendo allí, bajaría al sótano con cualquier pretexto y me acostaría decúbito dorsal, alzando los ojos hacia el escalón décimo noveno. Vería el universo entero en un solo punto, el torrente de la historia en una fracción infinitesimal de segundo. Y si el lugar estaba clausurado, violentaría la puerta o abriría la vieja cerradura. Había tomado la precaución de conservar las llaves.

Iba preparado para todo, menos para lo que hallé. La pensión había sido reducida a escombros. En el espacio que correspondía a la vieja recepción descansaba, siniestra, una máquina topadora. Aún seguía en pie el primer tramo de la escalera que llevaba a mi cuarto. En la calle, junto a la vereda, bostezaba uno de esos volquetes en los que se arrojan los restos de las demoliciones. Era ya noche cerrada y el sitio no estaba guardado por serenos ni reflectores. Avancé a ciegas entre las vigas y los restos de mampostería, sabiendo que acá y allá se abrían huecos en los que, si caía, iba fatalmente a fracturarme. Quería llegar al sótano como fuera.

Esquivé un par de ladrillos que se precipitaron desde los esqueletos del muro. Aun en aquella desolación de la que se habían borrado todas las referencias, estaba seguro de poder orientarme. El mostrador, me dije, los restos de la balaustrada, el cubículo de Enriqueta. Diez o doce pasos hacia el oeste debía estar el rectángulo por el que había visto asomar tantas veces la cabeza calva y sin cuello del bibliotecario. Salté sobre unas tablas erizadas de clavos y filosas uñas de vidrio. Tropecé después con un cerco de madera, más allá del cual se abría un foso. La oscuridad era tan espesa que intuía más de lo que veía. ¿Se trataba en verdad de un foso? Pensé que debía bajar a explorarlo, pero no me animé. Arrojé al fondo uno de los cascotes que tenía al alcance de la mano, y la piedra resonó contra otras piedras casi al instante. No era, por lo tanto, muy profundo. Quizá con el auxilio de una antorcha, por precaria que fuera, podría bajar. No llevaba conmigo ni un mísero fósforo. La luna se había ocultado hacía mucho tras una marejada de nubes. Estaba en su fase creciente, casi llena. Decidí esperar a que se despejara el cielo. Toqué la cerca y mis manos palparon un papel arrugado, pegajoso. Traté de apartarlo, pero el papel no se despegaba de mí. Tenía una consistencia espesa y rugosa, como la de una bolsa de cemento o la de una cartulina barata. El resplandor fugaz de un auto que cruzó la calle me permitió vislumbrar de qué se trataba. Era una ficha de Bonorino, que había resistido a la destrucción, al polvo y a las palas mecánicas. Pude leer en ella tres letras: I A O. Tal vez nada significaban. Tal vez, si no las había dibujado el azar, equivalían a la idea del Absoluto que se encuentra en *Pistis Sophia*, los libros sagrados de los gnósticos. Ni siquiera tuve tiempo de pensarlo. En ese instante se abrió un claro en el cielo y el foso apareció, inequívoco, delante de mí. Por las dimensiones, por el emplazamiento, advertí que la excavación ocupaba el lugar del antiguo sótano. Donde había estado la escalera de diecinueve peldaños, se divisaba ahora un enrejado vertical. Justo entonces, cuando a nadie se le ocurría construir en una Buenos Aires que se venía abajo, mi pensión había sido derribada por la fatalidad. El aleph, el aleph, dije. Traté de ver si quedaba algún rastro. Contemplé desolado los montículos de tierra removida, los bloques de hormigón, el aire indiferente. Estuve largo rato ante las ruinas, incrédulo. Pocas semanas atrás, cuando nos despedimos en la pensión, Bonorino me había desafiado a que me acostara bajo el escalón décimo noveno, decúbito dorsal, seguro de que yo no lo haría. Puesto que lo sabía todo, sabía también que yo me negaría. Había previsto el trajín de las topadoras sobre los cascotes de la pensión, el vacío, el edificio que aún no habían erigido y el que se alzaría allí cien años después. Había visto cómo la pequeña esfera que contenía el universo desaparecía para siempre bajo una montaña de basura. Aquella medianoche en la pensión yo había desperdiciado mi única oportunidad. Jamás tendría otra. Grité, me senté a llorar, ya ni recuerdo lo que hice. Vagué sin rumbo por la noche de Buenos Aires hasta que, poco antes del alba, volví al hotel. Afronté, como Borges, intolerables noches de insomnio, y sólo ahora empieza a *trabajarme el olvido*.

El día que siguió a esa desgracia era víspera del Año Nuevo. Temprano, me di una ducha rápida y desayuné sólo una taza de café. Tenía prisa por llegar temprano al hospital. Dejé un mensaje en la unidad de terapia intensiva avisándole a Alcira que esperaría el llamado de Martel en las escalinatas de la entrada o en la sala de visitas. No pensaba moverme de allí. Los mensajes, los servicios, todo parecía haber vuelto a la normalidad. La noche anterior, sin embargo, las cacerolas habían repiqueteado otra vez. El enésimo estallido de cólera popular había desalojado al Joker del poder, junto con su ristra de colaboradores y ministros. Me pregunté si el Tucumano habría vuelto a su trabajo incierto en Ezeiza, pero en el acto deseché la idea. Un sol que ha brillado tanto no se deja derribar.

En el fiel colectivo 102 sólo se hablaba del Joker —que también había huido, como el presidente del helicóptero— y del país hecho pedazos. Nadie pensaba que pudiera levantarse de tanta postración. Los que aún tenían algo para vender se negaban a hacerlo, porque se desconocía el valor de las cosas. Yo me sentía ya fuera de la realidad o, más bien, sumido en esa realidad ajena que era la vida agonizante de un cantor de tango.

Avancé por los pasillos del hospital sin que nadie me detuviera. Cuando entré en la sala de espera del segundo piso, reconocí al médico de cabeza afeitada con el que me había cruzado pocos días antes. Estaba hablando en voz baja con dos ancianos que lloraban con la cara entre las manos, avergonzados de su pena. Como había hecho con Alcira, el médico les daba palmaditas en la espalda. Cuando advertí que volvía a su trabajo, le di alcance y le pregunté si ese día podría ver a Martel.

Tenga prudencia, dijo. Espere. Hoy lo noto un poco caído al enfermo. ¿Usted es un familiar?

No supe qué contestar. No soy nada, le dije. Luego, vacilando, me corregí: Soy amigo de Alcira.

Deje que la señora decida, entonces. El paciente ha estado tomando calmantes fuertes. Supongo que está informado de la complicación que tiene ahora. Necrosis avanzada de las células hepáticas.

Alcira me ha dicho que a ratos se recupera y parece que estuviera sano. Una de esas veces preguntó por mí. Dijo que podía pasar a verlo.

¿Cuándo le dijo eso?

Ayer, pero fue por algo que sucedió hace tres días, o más.

Esta mañana no podía respirar. La solución era entubarlo, pero apenas oyó esa palabra, sacó fuerzas de la nada y gritó que prefería morir. Creo que la señora lleva días sin pegar un ojo.

Era evidente que Alcira había hablado del tema con Martel, y que habían tomado juntos la decisión de resistir. Le di las gracias al médico. No sabía qué más responder. Mi cantor, entonces, había llegado al final y ya nunca tendría ocasión de oírlo. La mala suerte me perseguía. Desde que habían clausurado la pensión de la calle Garay, sentía que estaba llegando tarde a todas las oportunidades de la vida. Para distraerme del abatimiento, llevaba semanas leyendo *El conde de Montecristo* en la edición de Laffont. Cada vez que abría esa novela olvidaba los infortunios de alrededor. Esta vez no: esta vez sentía que nada podía apartarme de la fatalidad que nos rondaba como un cuervo y que tarde o temprano se alimentaría de nuestra carroña.

Le pedí a una de las enfermeras que llamase a Alcira. La vi llegar a los cinco minutos, con un cansancio de siglos. Ya había advertido el día anterior, en el café, que la tragedia de Martel empezaba a transfigurarla. Se movía con lentitud, como si llevara a la rastra todos los sufrimientos de la condición humana. Me preguntó:

¿Podés quedarte, Bruno? Estoy muy sola y Julio está mal, no sé qué hacer para levantarlo. Tanta pelea, pobrecito. Dos veces se quedó sin aire, con una expresión de dolor que no quiero volver a ver. Hace un rato me dijo: No aguanto más, Negrita. ¿Cómo no vas a aguantar?, le contesté. ¿Y los recitales que te faltan? Ya le avisé a Sabadell que el próximo es en la Costanera Sur. No lo vamos a dejar de a pie, ¿no? Por un momento pensé que iba a sonreír. Pero cerró otra vez los ojos. No tiene fuerza. No vas a dejarme sola, Bruno, ¿verdad? No me dejés, por favor. Si te quedás acá leyendo, esperándome, voy a sentir que estamos menos desamparados. Por favor.

Qué iba a decirle. Si no me lo hubiera pedido, me habría quedado igual. Le ofrecí comprar algo para comer. Quién sabe desde cuándo estaba así, sin nada. No, me detuvo. No tengo hambre. Cuanto más vacío y limpio tenga el cuerpo por dentro, tanto más despierta voy a sentirme. No me vas a creer, pero hace tres días que no voy a mi casa. Tres días sin bañarme. Creo que nunca dejé pasar tanto tiempo, tal vez cuando era muy chica. Y lo más raro es que no siento la suciedad. Debo tener un olor horrible, ¿no? Me importa, pero también no me importa. Es como si todo lo que me sucede estuviera purificándome, como si estuviera preparándome para no tener vida.

Me extrañó aquel torrente de palabras. Y la confesión, de la que no la hubiera creído capaz. Hacía poco más de dos semanas que nos conocíamos. Apenas sabíamos algo el uno del otro y, de pronto, estábamos de pie, hablando de los olores de su cuerpo. Me desconcerté, como tantas otras veces. Sé que ya lo he dicho antes, pero no ceso de pensar que el verdadero laberinto de Buenos Aires es su gente. Tan cercana y al mismo tiempo tan distante. Tan uniforme por fuera y tan diversa por dentro. Tan llena de pudor, como pretendía Borges que era la esencia del argentino, y a la vez tan desvergonzada. Alcira también me parecía inabarcable. Creo que fue ella la única mujer con la que quise acostarme en toda mi vida. No por curiosidad sino por amor. Y no por amor físico sino por algo más profundo: por la necesidad, la sed de contemplar su abismo. Y ahora no sabía qué hacer viéndola así, desolada. Habría querido consolarla, apretarla contra mi pecho, pero me quedé inmóvil, dejé caer los brazos y la vi alejarse hacia la cama de Martel.

No sé cuántas horas me quedé en la silla del hospital. Parte del tiempo estuve como en vilo, leyendo a Dumas, atento a las sutiles urdimbres de la venganza que iba tejiendo Montecristo. Las conocía ya y, sin embargo, siempre me sorprendía la perfecta arquitectura del relato. Al atardecer, poco antes del envenenamiento de Valentine de Villefort, me quedé dormido. Me despertó el hambre y fui a comprar un sandwich al café de la esquina. Estaban a punto de cerrar y a duras penas me atendieron. La gente tenía apuro por regresar a su casa y las persianas de los negocios bajaban casi al unísono. La realidad del hospital, sin embargo, parecía pertenecer a otra parte, como si lo que contenía fuera demasiado grande para su forma. Quiero decir que había en ese lugar más sentimientos de los que podían caber en una tarde.

Volví a la novela y, cuando alcé la cabeza, todo lo que se veía a través de la ventana estaba teñido por una luz dorada. El sol caía sobre la ciudad con una belleza tan invencible como la de aquella madrugada en el hotel Plaza Francia. Con extrañeza, advertí que también ahora sentía una congoja sin remedio. Volví a dormir un rato, tal vez un par de horas. Desperté sobresaltado por los petardos que rasgaban la noche y por el tumulto de los fuegos artificiales. Nunca me habían gustado las celebraciones del Año Nuevo y más de una vez, luego de oír por televisión a las multitudes de Times Square contar los segundos y de ver caer el invariable globo de luz anual en su cápsula de tiempo, apagaba la luz del velador y me ponía de costado en la cama para dormir.

¿Era medianoche ya? No, ni siquiera debían de ser las diez. Las enfermeras se iban retirando de a una, como los músicos en la *Sinfonía del Adiós* de Josef Haydn y, en la sala de espera, bajo dos tubos de neón, me quedé completamente solo. A lo lejos oí un sollozo y la monotonía de una plegaria. Ni siquiera me di cuenta que Alcira había entrado en el cuarto y me sonreía. Tomándome del brazo, dijo:

Martel está esperándote, Bruno. Desde hace un rato largo respira sin problemas. El médico de guardia dice que no nos confiemos, que puede ser una mejoría pasajera, pero yo estoy segura que salió del peligro. Ha puesto tanta voluntad que por fin ha ganado la pelea.

Me dejé llevar. Cruzamos dos puertas batientes y entramos en una larga sala, donde se sucedían pequeños cuartos separados por paneles. Aunque el sitio estaba aislado y en penumbra, los sonidos de la enfermedad, repitiéndose a cada paso, me lastimaban los oídos. Donde quiera volvía los ojos, veía pacientes conectados a respiradores, a bombas que les infundían drogas y a monitores del ritmo cardíaco. El último cubículo de la derecha era el de Martel.

Apenas pude distinguir su forma entre aquellas luces indirectas que se desprendían de las máquinas, de modo que mi primera impresión fue la que ya llevaba en la memoria: la de un hombre bajo y de cuello corto, con el pelo negro y denso al que había visto, meses atrás, tomar un taxi cerca del Congreso. No sé por qué lo imaginaba parecido a Gardel. Nada que ver: sus labios eran gruesos, la nariz ancha, y en los grandes ojos oscuros se dibujaba una expresión ansiosa, la de alguien que está corriendo detrás del tiempo. Las raíces del pelo, que no teñía desde quién sabe cuándo, se le habían puesto cenicientas, y por acá y allá se le abrían claros de calvicie.

Con un ligero ademán me indicó una silla junto a la cama. De cerca, las arrugas le formaban suaves retículas en la piel, y la respiración era asmática, entrecortada. No tenía modo de comparar su estado de ahora con el de la mañana, cuando el médico lo había encontrado "algo caído", pero lo que vi fue suficiente para no compartir el optimismo de Alcira. Su cuerpo se apagaba más velozmente que el año.

Cogan, me dijo, con un hilito de voz. He oído que está escribiendo un libro sobre mí.

No quise desairarlo.

Sobre usted, respondí, y sobre lo que era el tango a comienzos del otro siglo. Averigüé que había muchas de esas obras en su repertorio y viajé para verlo. Cuando llegué, a fines de agosto, supe que ya no cantaba más.

Lo que dije pareció disgustarlo, y le hizo señas a Alcira para que me corrigiera.

Martel nunca dejó de cantar, obedeció ella. Se negó a seguir dando recitales para gente que no lo entiende.

Eso ya lo sé. Anduve detrás de usted todos estos meses. Lo esperé un mediodía en la recova de Mataderos, inútilmente, y me enteré demasiado tarde que cantó en una esquina de Parque Chas. Me habría conformado con oírle una estrofa. Pero no hay rastros de usted por ninguna parte. No hay grabaciones. No hay videos. Sólo el recuerdo de alguna gente.

Ya pronto no quedará ni eso, dijo.

Su cuerpo exhalaba un olor químico, y habría jurado que también olía a sangre. No quería fatigarlo con preguntas directas. Sentí que no teníamos tiempo para nada más.

Más de una vez pensé que sus recitales siguen una especie de orden, le dije. Sin embargo, no he podido averiguar qué hay detrás de ese orden. He imaginado muchas cosas. Hasta he creído que los lugares que usted elegía dibujaban un mapa de la Buenos Aires que nadie conoce.

Acertó, me dijo.

Hizo una seña casi imperceptible a Alcira, que estaba de pie, frente a un extremo de la cama, con los brazos cruzados.

Es tarde, Bruno. Vamos a dejarlo descansar.

Me pareció que Martel quería alzar una de sus manos, pero me di cuenta que eso era lo primero que había muerto en él. Las tenía hinchadas y rígidas. Me puse de pie.

Espere, joven, dijo. ¿Qué es lo que usted va a recordar de mí?

Me tomó tan de sorpresa que contesté lo primero que se me vino a la mente:

Su voz. Lo que más voy a recordar es lo que nunca he tenido.

Acerque el oído, dijo.

Presentí que por fin iba a decirme lo que yo había esperado durante tanto tiempo. Presentí que, sólo por aquel instante, mi viaje no iba a ser en vano. Me incliné con delicadeza, o al menos quise que fuera así. No tengo una idea clara de lo que hice porque yo no estaba en mí, y en lugar del mío había otro cuerpo que se doblaba hacia Martel, temblando.

Cuando ya me había acercado bastante, soltó la voz. Debió de ser en el pasado una voz bellísima, sin heridas, plena como una esfera, porque lo que quedaba de ella, aun adelgazado por la enfermedad, tenía una dulzura que no existía en ninguna otra voz de este mundo. Sólo cantó:

Buenos Aires, cuando lejos me vi.
Y se detuvo. Eran las primeras palabras que se habían oído en el cine argentino. No sabía lo que significaban para Martel, pero para mí abarcaban todo lo que yo había ido a buscar, porque ésas fueron las últimas que salieron de su boca. *Buenos Aires cuando lejos me vi.* Antes pensaba que era su modo de despedirse de la ciudad. Ahora no lo veo así. Creo que la ciudad ya lo había dejado caer, y que él, desesperado, sólo estaba pidiéndole que no lo abandonara.

Lo enterramos dos días más tarde en el cementerio de la Chacarita. Lo único que había podido conseguir Alcira era un nicho en el primer piso de un panteón donde yacían otros músicos. Aunque pagué un aviso fúnebre en los diarios con la esperanza de que alguna gente pasara por la capilla ardiente, los únicos que estuvimos todo el tiempo junto al cuerpo fuimos Alcira, Sabadell y yo. Antes de salir para el cementerio encargué, apresurado, una palma de camelias, y aún me recuerdo avanzando hacia el nicho con la palma, sin saber dónde ponerla. Alcira estaba tan acongojada que todo le daba igual, pero Sabadell se quejó con amargura de la ingratitud de la gente. Ya ni sé cuántas veces, antes del entierro, impedí que llamara por teléfono al Club del Vino y al Sunderland. Lo hizo cuando me quedé dormido en una silla, a las tres de la madrugada, pero nadie respondía los teléfonos.

Una serie de azares se concertaron para que la muerte de Martel se convirtiera en una broma de la fatalidad. Sólo días más tarde, cuando pagué la cuenta de la funeraria, advertí que, en el aviso de los diarios, el difunto figuraba con su nombre civil, Estéfano Esteban Caccace. Nadie debía de recordar que así se llamaba el cantor, lo que explica la soledad de su funeral, pero ya era demasiado tarde para reparar el daño. Mucho después, en el verano de Manhattan, me crucé con el Tano Virgili en la Quinta Avenida y fuimos a tomar un café helado en Starbucks. Me contó que había visto el aviso y que el nombre le sonaba de alguna parte, pero el día del entierro estaba jurando el quinto presidente de la República, se esperaba la devaluación de la moneda, y nadie podía pensar en otra cosa.

En el momento en que Sabadell y yo estábamos poniendo el ataúd dentro del nicho, quince o veinte desaforados irrumpieron en el panteón, deteniéndose a pocos pasos. Al frente del grupo marchaban un muchacho de dientes averiados y una mujer con revoques de maquillaje que agitaba un bastoncito. Aquél llevaba en brazos a una chiquilla de piernas esqueléticas, vestida con una pollera de encaje y una diadema de flores plásticas.

¡Santita, milagro, la nena camina!, gritaba la mujer.

El de los dientes dejó a la chiquilla ante uno de los nichos y le ordenó:

Caminá, Dalmita, para que la santa te vea.

La ayudó a dar un paso y él también gritó:

¿Han visto el milagro?

Traté de acercarme para saber a quién veneraban, pero Alcira me retuvo, tomándome del brazo. Como estábamos esperando que sellaran la losa frontal del nicho de Martel, no pudimos marcharnos en aquel momento.

Son devotos de Gilda, me explicó el parco Sabadell. Esa mujer murió hace siete, ocho años, en un accidente en la ruta. Sus cumbias no eran muy populares cuando estaba viva, pero fíjese ahora. Habría querido pedirles a los devotos que se callaran. Me di cuenta de que sería inútil. Una mujer enorme, con una torre de pelo rubio y los labios ensanchados con pintura púrpura, sacó de su cartera algo que parecía el envase de un desodorante y, esgrimiéndolo como micrófono, arengó a los fieles:

¡Vamos, chicas, a cantarle todas a nuestra Gilda!

Emprendió entonces, desafinada, una cumbia que empezaba: *No me arrepiento de este amooor / aunque me cueste el corazooón.* El coro persistió por cinco interminables minutos. Mucho antes del fin, acompañaron el estribillo con aplausos, hasta que una de las devotas —o lo que fuese— gritó: ¡Grande, Dama Salvaje!

Nos fuimos quince minutos después con una desolación peor de la que teníamos al llegar, sintiéndonos culpables por dejar a Martel en una eternidad tan saturada de músicas hostiles.

Me preocupaba que Alcira se quedara sola y la invité a que nos reuniéramos aquella misma tarde, a las siete, en el café La Paz. Llegó puntual, con esa extraña belleza llamativa que obligaba a volver la mirada, como si la tempestad del último mes no la hubiera rozado. La ayudé a que se desahogara contándome cómo se había enamorado de Martel la primera vez que lo oyó en El Rufián Melancólico, y cómo fue venciendo de a poco las resistencias que él le oponía, el miedo a descubrir su cuerpo desvalido y enfermo. Era solitario, arisco, me dijo, y tardó meses en acostumbrarlo a que no desconfiara de ella. Cuando por fin lo consiguió, Martel fue sucumbiendo a una dependencia cada vez más aguda. La llamaba a veces en medio de la noche para contarle los sueños, luego le enseñó a que le pusiera inyecciones en venas casi invisibles, ya demasiado heridas, y al final no la dejaba apartarse de él y la atormentaba con escenas de celos. Terminaron viviendo juntos en el departamento que Alcira alquilaba en la calle Rincón, cerca del Congreso. La casa que Martel había compartido con la señora Olivia en Villa Urquiza estaba cayéndose a pedazos y tuvieron que venderla por menos de lo que valían sus recuerdos.

Una conversación fue llevándonos a la otra, y ya no recuerdo si aquel mismo día o al siguiente Alcira empezó a contarme con detalle los recitales solitarios de Martel. Ella sabía desde el principio por qué elegía cada uno de los lugares, y hasta le sugirió algunos que él desechó porque no encajaban exactamente dentro de su mapa.

Un año antes de que yo llegara a Buenos Aires había cantado en la esquina de Paseo Colón y la calle Garay, a sólo tres cuadras de la pensión. Unas pocas siluetas de metal aferradas a un puente eran la única huella del antro de tormentos que, durante la dictadura, se conoció como Club Atlético. Cuando estaban por derribarlo para construir la autopista a Ezeiza, Martel alcanzó a ver el esqueleto de las leoneras donde habían perecido cientos de prisioneros, ya fuera por las torturas que se les aplicaban en unas enormes mesas metálicas, a pocos pasos de las jaulas, ya porque los colgaban de ganchos hasta que se desangraban.

246

Cantó una madrugada de verano frente a la mutual judía de la calle Pasteur, donde en julio de 1994 estalló una camioneta con explosivos, derribando el edificio y matando a ochenta y seis personas. Más de una vez se creyó que los asesinos estaban ya al alcance de la justicia y hasta se dijo que los había protegido la embajada de Irán, pero apenas la investigación avanzaba surgían obstáculos invencibles. Meses después del recital de Martel, *The New York Times* publicó en primera página la noticia de que el presidente argentino de aquel entonces había recibido, quizá, diez millones de dólares para que el crimen siguiera impune. Si era verdad, eso lo explicaba todo.

Cantó también en la esquina de Carlos Pellegrini y Arenales, donde una gavilla parapolicial asesinó en julio de 1974 al diputado Rodolfo Ortega Peña, disparándole desde un Ford Fairlane verde claro que pertenecía a la flota del astrólogo de Perón. Martel había pasado por allí cuando el cadáver estaba todavía tendido sobre la vereda, y la sangre fluía hacia la calle, y una mujer con los labios atravesados por un balazo le pedía al muerto que por favor no se muriera. No quiso cantar un tango en ese sitio, me dijo Alcira. Lo único que entonó fue un lamento largo, un ay que duró hasta que se puso el sol. Luego quedó *callado como un niño bajo los gordos buitres.*

Y cantó —pero eso fue antes de todo— frente a la antigua fábrica metalúrgica de Vasena, en el barrio de San Cristóbal, donde treinta obreros en huelga fueron asesinados por la policía durante las sublevaciones que aún se conocen como la Semana Trágica de 1919. Tal vez habría cantado también por los muertos del diciembre fatal en el que murió, pero nadie le dijo lo que estaba pasando.

A mediados de enero de 2002, en uno de los peores días del verano, cuando parecía que la gente estaba acostumbrándose a la incesante desgracia, Alcira me contó que, poco antes del recital fatídico en Parque Chas, Martel había leído la historia de un crimen ocurrido entre 1978 y 1979, y había conservado el recorte con la intención de dar allí también otro de sus conciertos solitarios. La noticia, censurada por los diarios de aquella época, hablaba de un cadáver varado entre los juncos de la Costanera Sur, junto a la pérgola del viejo balneario municipal, con los dedos de las manos quemados, la cara desfigurada y sin ninguna señal que permitiera identificarlo. Gracias a la confesión espontánea de un capitán de corbeta pudo saberse que el difunto había sido arrojado vivo sobre las aguas del Río de la Plata, y que su cuerpo, llevado por una corriente adversa, se había resistido a hundirse, ser devorado por los peces o arrastrado, como tantos otros, hacia la costa de la Banda Oriental. El recorte contaba que el difunto había sido arrestado cuando estaba con Rubén, Ojo Mágico o Felipe Andrade Pérez. Martel se desesperaba por cantar en homenaje a ese desdichado, y si se resistió a la muerte tanto tiempo, me dijo Alcira, fue sólo por la esperanza de llegar a la pérgola, junto a la orilla del río.

El mapa, entonces, era más simple de lo que imaginé. No dibujaba una figura alquímica ni ocultaba el nombre de Dios o repetía las cifras de la Cábala, sino que seguía, al azar, el itinerario de los crímenes impunes que se habían cometido en la ciudad de Buenos Aires. Era una lista que contenía un infinito número de nombres y eso era lo que más había atraído a Martel, porque le servía como un conjuro contra la crueldad y la injusticia, que también son infinitas.

Aquel día de calor atroz le conté a Alcira que había comprado ya mi boleto de avión para regresar a Nueva York a fines de mes, y le pregunté si no quería venir conmigo. No sabía aún cómo podríamos vivir los dos con el magro estipendio de las becas, pero estaba seguro de que la quería a mi lado, como fuera. Una mujer que había amado así a Martel era capaz de iluminar la vida de cualquiera, hasta una vida tan gris como la mía. Me tomó de las manos, me dio las gracias con una ternura que todavía me duele, y me respondió que no. Qué será de mí en un país con el que nada tengo que ver, me dijo. Ni siquiera sé hablar inglés.

Vivir conmigo, le dije, tontamente.

Tenés muchos años de luz por delante, Bruno. Y alrededor mío sólo hay oscuridad. No estaría bien que mezclemos las cosas.

Hizo el ademán de levantarse pero le rogué que nos quedáramos un momento más. No quería regresar a la desconocida noche. No sabía cómo decirle lo que por fin le dije:

Me queda todavía una pregunta. Hace mucho que quiero hacértela, pero a lo mejor no conocés la respuesta.

Le confesé mi traición a Bonorino, le hablé de su muerte en Fuerte Apache y le revelé todo lo que sabía sobre el aleph. Quisiera entender, dije, por qué el bibliotecario dejó en mis manos un cuaderno que era también su vida.

Porque no ibas a traicionarlo otra vez.

No puede ser sólo eso. Hay algo más.

Porque los seres humanos, por insignificantes que seamos, siempre tratamos de perdurar. De un modo u otro, queremos vencer a la muerte, encontrar alguna forma de eternidad. Bonorino no tenía amigos. Sólo le quedabas vos. Sabía que, tarde o temprano, ibas a poner su nombre en un libro.

Voy a sentirme perdido sin vos, le dije. Voy a sentirme menos perdido si nos escribimos de vez en cuando.

Ya no quiero escribir otra cosa que mis recuerdos sobre Martel, contestó sin mirarme.

Esto es el fin, entonces.

¿Por qué?, dijo ella. No hay fin. ¿Cómo se puede saber cuándo es el fin?

Fui al baño y cuando volví ya no estaba.

Hasta la tarde misma de mi partida la llamé por teléfono diez, veinte veces. Nunca contestó. El primer día alcancé a oír un mensaje impersonal, que sólo repetía su número. Después, el timbre sonó y sonó en el vacío.

Todos los vuelos a Nueva York salían por la noche, por lo que me despedí no de la Buenos Aires que había imaginado sino de la reverberación de sus luces. Antes de desviarse hacia el norte, el avión se alzó sobre el río y rozó la ciudad por uno de sus costados. Era inmensa, plana, y no sé cuántos minutos tardamos en atravesarla. Había soñado tantas veces con el trazado que se vería desde lo alto que la realidad me desconcertó. Imaginé que se parecía al plano del palacio de Knossos o al mosaico rectangular de Sousse en el que está inscripta esta advertencia: *Hic inclusus vitam perdit.* El que aquí quede atrapado perderá su vida.

Era un laberinto, tal como yo había supuesto, y Alcira había quedado enredada en una de sus vías sin salida. La noche me permitió advertir que, tal como conjeturaba Bonorino, el verdadero laberinto no estaba marcado por las luces, donde sólo había caminos que llevaban a ninguna parte, sino por las líneas de oscuridad, que señalaban los espacios donde vivía la gente. Me vino entonces a la memoria un poema de Baudelaire, "Los faros": *Ces malédictions, ces blasphèmes, ces plaintes / Ces extases, ces cris, ces pleurs, ces Te Deum, / sont un écho redit par milles labyrinthes.* Estas maldiciones, estas blasfemias, estos lamentos, / estos éxtasis, estos gritos, estos llantos, estos tedéums, / son un eco repetido por mil laberintos. Ya no podía oír todas aquellas voces y el laberinto se había perdido en la noche. Seguí sin embargo repitiendo el poema hasta que me quedé dormido.

A las pocas semanas de llegar a Manhattan, empecé a recibir cartas apremiantes de la fundación Fulbright, reclamando un informe sobre el uso que había dado a mi beca. Traté de explicarlo en documentos formales que borroneaba y rompía, hasta que abandoné. Confié en que tarde o temprano ya no sabrían qué hacer con mi silencio.

Un mediodía de mayo salí de mi casa y caminé distraído por Broadway. Me detuve en Tower Records con la ilusión imposible de descubrir alguna grabación de Martel. Ya había hecho otras veces el intento. Los empleados, serviciales, buscaban el dato en las computadoras y hasta llamaban por teléfono a expertos en música sudamericana. Nadie había oído hablar jamás de él, y ni siquiera había el menor registro en las antologías. Yo sabía todo eso, por supuesto, pero todavía me resisto a creerlo.

Me desvié hacia University Place y, al pasar por la librería de la universidad, recordé que quería comprar los *Arcades Project* de Walter Benjamin. El volumen costaba cuarenta dólares y llevaba semanas resistiéndome, pero aquel día dejé que el destino tomara la decisión por mí. Me entretuve echando una mirada a los estantes de Filosofía y encontré una copia de *Intellectual Trust* de Richard Foley. Se me dirá que todo esto no tiene importancia y tal vez no la tiene, pero prefiero no pasar por alto el menor detalle. Volví a tomar el libro de Benjamin y leí al azar, en un apartado que se titula *Teoría del Progreso,* esta línea: "El conocimiento llega sólo en golpes de relámpago. El texto es la sucesión larga de truenos que sigue". La frase me recordaba a Buenos Aires, que se me había presentado como una revelación pero cuyos truenos, ahora, era incapaz de convertir en palabras.

Cuando salía con el Benjamin en la mano, me crucé con el propio Foley. Apenas lo conozco, pero es el decano de Artes y Ciencias de mi universidad y siempre lo saludo con respeto. Él, sin embargo, estaba enterado de mi viaje a Buenos Aires. Me preguntó cómo había sido esa experiencia. Respondí con torpeza, atropellándome. Le hablé de los malos tiempos que me habían tocado, de los cinco presidentes que se habían sucedido en diez días, y mencioné al pasar que el cantor de tango sobre el que quería escribir había muerto la misma noche en que lo vi por primera vez.

No te dejes abatir por eso, Bruno, me dijo Foley. Lo que se pierde por un lado a veces se recupera por otro. En julio, estuve diez días en Buenos Aires. No fui en busca de ningún cantor y sin embargo encontré uno extraordinario. Cantaba tangos de un siglo atrás en el Club del Vino. A lo mejor lo conoces. Se llama Jaime Taurel. La voz es conmovedora, transparente, tan viva que, si tiendes la mano, tienes la sensación de que podrías tocarla. Cuando salí de allí, alguna gente decía que es mejor que Gardel. Deberías volver, sólo para oírlo.

Esa noche no pude dormir. Cuando amanecía, me senté ante la computadora y escribí las primeras páginas de este libro.

Salvo Jean Franco y Richard Foley,
todos los personajes de esta novela
son imaginarios, aun aquellos
que parecen reales.